《阅读中华经典》编委会

先秦历史散文

严硕勤 编著

当初，郑武公从申国娶了个妻子，叫武姜。武姜生了郑庄公和共叔段两个儿子。因为生庄公的时候难产，吓坏了姜氏，就给他取名叫寤生。姜氏很讨厌庄公而喜欢共叔段，一心想立共叔段做太子，好让他继承王位。为这事姜氏多次请求郑武公，郑武公一直没有答应。

【阅读中华经典】

主编 傅璇琮
副主编 黄道京 马晓乐

泰山出版社

图书在版编目（ＣＩＰ）数据

先秦历史散文/傅璇琮主编． —济南:泰山出版社，
2007.4 （阅读中华经典）
ISBN 978－7－80634－575－7

Ⅰ．先... Ⅱ．傅... Ⅲ.古典散文—作品集—中国
—先秦时代—青少年读物 Ⅳ.I262

中国版本图书馆 CIP 数据核字(2006)第 138646 号

主 编 傅璇琮
编 著 肖玉峰
责任编辑 于景明
装帧设计 胡大伟

阅读中华经典

先秦历史散文

出 版 泰山出版社
社 址 济南市马鞍山路 58 号 邮编 250002
电 话 总编室（0531）82023466
发行部（0531）82025510 82020455
网 址 www.tscbs.com
电子信箱 tscbs@sohu.com
发 行 新华书店经销
印 刷 蓬莱利华印刷有限公司
规 格 150×228mm 16 开
印 张 10.25
字 数 80 千字
版 次 2007 年 4 月第 1 版
印 次 2016 年 2 月第 3 次印刷
标准书号 ISBN 978-7-80634-575-7
定 价 17.00 元

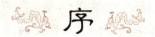

序

傅璇琮

　　这套《阅读中华经典》，是打算将我国具有悠久历史而又绚烂多彩的古典文学作品系统地介绍给广大青少年，通过注释、今译和赏析，努力克服语言和文化知识方面的一些困难，让青少年能直接接触古典文学的精华，使他们从少年时代起就对我们伟大祖国的光辉文明有清晰的了解和深切的印象。

　　广大青少年在当前改革、开放的新时期中，思想非常活跃。他们迫切需要了解社会、了解自身，他们希望了解世界的历史和现状，更希望了解中国的历史和现状。中国是一个文明古国，又处在变化发展十分强烈的当今世界中，青少年一定会从现实的千变万化、五光十色中来探索我们民族过去走过的道路，想了解这个有数千年历史的传统文化怎样给现实以投影。我们觉得，在这当中，古典文学会首先引起他们的注意和兴趣。

　　据说，多年前，北京有一所工科学院，它的专业与唐诗宋词没有多大关系，但学校却为学生开设了一门唐诗宋词的选修课，结果产生了原来预想不到的效果。学生们读完了这门课程，激发了爱国心和民族自豪感。他们知道世界上除了托尔斯泰、雨果、海明威之外，在我国历史上早就有了屈原、李白、杜甫、陆游、辛弃疾等许多非常伟大的文学家，早就有了无数优秀文学作品。这就向我们启示：在古典文学界，除了专门论著之外，还应做大

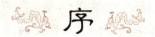

先秦历史散文

1

量的普及工作。我们应当力求用通俗、生动、准确、优美的文笔，向广大群众、广大青少年介绍我国丰富的文学遗产，介绍我国数千年的历史长河中涌现出来的众多优秀作家、艺术家，介绍我国古代作品中的精品，使他们懂得我们民族的文学中自有它的瑰宝，足可与世界各国的文学相媲美，使他们开阔眼界，增长见识，提高文化素养和审美趣味。这对于培育爱国主义思想，加强对祖国和民族的爱，提高道德情操，丰富精神文化生活，都会起很大的作用。列宁曾说过，只有用人类创造的全部知识财富来丰富自己的头脑，才能成为共产主义者。在一定的条件下，知识是可以转化成觉悟，转化成品格的。有着较高文化素养的人，对于正确与错误，高尚与卑鄙，善与恶，美与丑，更易于作出准确的价值选择。而文化素养中，文学是不可或缺的部分，它往往能在潜移默化、对世界美好事物的多方面领略和摄取中影响人的内心和精神面貌。这是文学的社会功能的特点，也可以说是它自己的规律，这是一种整体性的修养和培育。

这套《阅读中华经典》是我国古典文学启蒙读物，就是从上面所说的宗旨出发，一是介绍知识，二是提供对古典佳作的一种美的选择，美的品尝。如果广大读者特别是青少年能从中得到某些启发，从而有助于自身文化素养和情操的提高，就将是我们最大的满足。

这套读物是采取按时代编排的做法，远起上古神话，下及《诗经》、楚辞、先秦散文、秦汉辞赋、乐府古诗、唐诗宋词、元明清诗文及戏曲小说。这样成系统地类似于教材编写的做法，能否为大家接受？我们认为：第一，这是一次试验，我们想用这种大剂量的做法来试试我们处于新时期中青少年的胃口和消化能力;我们对他们的接受能力和审美水平有充分的信心。第二,我们采取既有系统而又分册出版的办法,在统一编排中照顾到一定的灵活性,读者可以根据自己的爱好,选择自己感兴趣的一部分阅读,不必受时代先后的束缚,兴趣有了提高,可以逐步扩大阅读范围。第三,广大教师和家长们一定能给予正确的指导。目前中小学语文课本中古典作品的分量不多,这套读物正好对此作必要的补充,青少年当可以在语文课之外获得更多的知识,而老师们和家长们的正确引导和指点,无疑会进一步消除阅读中的难点,从而提高阅读的兴趣。如果老师们和家长们能事先浏览,再进而作具体的帮助,则这套读物当更能发挥其系统化的优点。

对作品的注释,考虑到青少年读者的特点,将尽可能浅显,这是克服语言障碍的最基本一环。今译的目的,一是补充注释之不足,使读者对文意能有连贯的了解;二是增加阅读的兴味,使读者对原作的思想和艺术有一个整体的感受。另外,我们还尽可能帮助读者作一些分析,以有助于认识和欣赏作品的思想意义和艺术价值。同时,结合每一时期的文学发展和文体演变,我们还作了一些文学史知识介绍。这些介绍是想对学校教学因课时所限作若干辅助讲解,青少年如能对这些方面的知识有一个大致的掌握,对进一步了解古典文学的历史发展和不同风貌,一定会有较大帮助。

最后应当说明的是,参加这套读物选注工作的,大多是中青年作者。他们在繁忙的本职工作之余,从事于此,有时往往为找到一个词语的正确答案,跑图书馆翻书,找人请教,表现了认真负责的态度和普及文化知识的可贵热情。

　　另外,这套丛书能与广大青少年读者见面,是和泰山出版社的大力支持分不开的,他们为此付出了辛勤的劳动。在这里谨向他们表示深深的谢意!

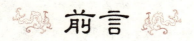

前言

　　本书向少年朋友们介绍的是先秦历史散文。先秦历史散文，是指秦统一中国之前，主要是春秋战国时期记述历史事件和历史人物的散文著作。作为历史散文，应是历史的忠实记录，它不同于小说、诗歌等文学作品，它所描述的人物、事件，都是实有其人，实有其事的。历史散文反映了当时社会的真实情况，为我们学习历史、认识历史提供了很好的教材。这类作品较早的有《尚书》《春秋》等，但它们的叙事结构比较简单。从文学的角度看，后来的《左传》《国语》《战国策》等才是真正富于现实意义的优秀的历史散文。

　　《左传》是我国第一部叙事详细明了的编年史，也是一部重要的历史散文著作。相传它是春秋末期鲁国人左丘明所作。因为它是解释孔子所修的《春秋》这部经典的，所以又叫《春秋左氏传》或《左氏春秋》，简称《左传》。它与《春秋》相似，按鲁国十二个国君的顺序记载了春秋时期各国的政治、外交、军事等活动以及有关人物的言论，也记录了一些鬼神、占卜等活动，比较全面地反映了当时社会各方面的情况。时间从鲁隐公元年（公元前722年）开始，到鲁哀公二十七年（公元前468年）止。书中保留了大量古代史料，内容丰富，文字简练、记事详明，是我国古代一部史学和文学名著。

　　《左传》主要记录的是春秋时期君王将相活动的史实。在一定程度上揭露了当时统治阶级内部勾心斗角和穷奢极欲、残酷暴虐的本质;有的也歌颂了统治阶级中一些顺应历史潮流,采取改革措施,改善人民生活、富国强兵而受到人民拥护的开明之士。

春秋时期,各国之间经常发生互相吞并、以强凌弱的战争,《左传》作为历史著作,在描写大大小小的战争方面是很出色的,它能用简洁的语言把战争的起因、战前的准备、战争过程中曲折的变化、人物的活动以及战争策略的运用、战争胜负的原因等都交待得一清二楚,使人读了如身临其境一般,体现了作者高度概括的艺术才能和表现技巧。

通过对历史事件的描写,《左传》还塑造了许许多多形象鲜明、有一定性格特点的历史人物,这些人物,作者往往把它们放在矛盾的焦点上,或通过一些生活的细节,或通过对话进行表现,因而活灵活现,有血有肉,跃然纸上。

《战国策》是我国战国时期一部国别史,可以称为一部历史散文集,作者不详,后来由汉代刘向整理为三十三篇,取名《战国策》。它是战国时期各国策士的言论和行动的汇编,记载了东周、西周、秦、齐、楚、赵、魏、韩、燕、宋、卫、中山等十二个国家,上接春秋,下至楚汉兴起,共约二百四十余年的历史事件,它给我们描述了一个个完整的故事,生动有趣,很有传记文学的意味,比《左传》写得更具体、更详细。

《战国策》的文字,最善于说事和论理,无论是个人讲述还是双方辩论,常常用夸张的渲染或以情动人的言辞,都极有说服力。它写的那些说客策士、将士谋臣一个个都工于言辞,长于辩论,或通过生活琐事引出大道理,或引古论今以理服人,或通过寓言说明哲理。书中许多寓言故事一直流传到现在,成了我们常用的成语。

《战国策》中描写的人物也是复杂多样而不尽相同的,有为个人利益而不惜施展各种手腕的势利小人;有见义勇为不计个人安危的侠义之士;有力主改革有明确主张的政治家;也有忠心耿耿、始终如一的爱国者。在社会大变革的动荡时代,这些人物都登上了历史舞台,在作者的笔下做了充分的表演。

《国语》是我国先秦分国记事的史书,相传也是左丘明所作,包括《周语》、《鲁语》、《齐语》、《晋语》、《郑语》、《楚语》、《吴语》、《越语》等共二十一卷,以记录西周末年和春秋时期各国贵族的言论为主,它在文学史上的地位,不及《左传》和《战国策》,但其中有些篇章也有很精彩的描写,所以,我们也选了几篇,供少年朋友们学习。

先秦历史散文对后世历史学家和文学家都有深远的影响,特别是叙事文,后来的许多文学家和历史学家都学习先秦历史散文的写作技巧、语言风格和表现手法。我们今天学习它,不仅可以增长历史知识,学习古人的智慧,受到教益,同时还能从中学习许多文学方面的知识,提高我们的文学修养。

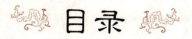

目录

先秦历史散文

先秦历史散文

郑伯克段于鄢①

《左传》

初②，郑武公③娶于申④，曰武姜⑤。生庄公及共叔段。庄公寤生⑥，惊姜氏，故名曰寤生，遂恶之⑦。爱共叔段，欲立之。亟⑧请于武公，公弗许⑨。

及⑩庄公即位，为之请制⑪。公⑫曰："制，岩邑也⑬，虢叔⑭死焉，佗邑唯命⑮。"请京⑯，使居之，谓之京城大叔。

祭仲⑰曰："都，城过百雉⑱，国之害也。先王之制⑲：大都，不过参国之一⑳；中，五之一；小，九之一。今京不度，非制也。君将不堪㉑。"公曰："姜氏欲之，焉辟害？㉒"对曰㉓："姜氏何厌之有㉔？不如早为之所，无使滋蔓㉕。蔓，难图也㉖。蔓草犹不可除，况君之宠弟乎？"公曰："多行不义必自毙㉗，子姑待之㉘。"

既而大叔命西鄙㉙、北鄙贰于己㉚。公子吕㉛曰："国不堪贰，君将若之何？欲与大叔，臣请事之；若弗与，则请除之，无生民心㉜。"公曰："无庸，将自及㉝。"大叔又收贰以为己邑，至于廪延㉞。子封曰："可矣，厚将得众㉟。"公曰："不义不暱，厚将崩㊱。"

大叔完、聚㊲，缮甲兵㊳，具卒乘㊴，将袭郑。夫人将启之㊵。公闻其期㊶，曰："可矣！"命子封帅车二百乘㊷以伐京。京叛大叔段，段入于鄢。公伐诸鄢。五月辛丑㊸，大叔出奔共㊹。

遂寘㊸姜氏于城颍㊹,而誓之曰:"不及黄泉㊺,无相见也。"既而悔之。颍考叔㊻为颍谷封人,闻之,有献于公。公赐之食,食舍肉㊼。公问之,对曰:"小人有母,皆尝小人之食矣,未尝君之羹㊽,请以遗之㊾。"公曰:"尔有母遗,繄我独无㊿!"颍考叔曰:"敢问何谓也?"公语之故,且告之悔⑤。对曰:"君何患焉⑤!若阙⑤地及泉,隧⑤而相见,其谁曰不然?"公从之。公入而赋⑤:"大隧之中,其乐也融融⑤!"姜出而赋:"大隧之外,其乐也泄泄⑤!"遂为母子如初⑤。

讲一讲

① 郑伯克段于鄢：郑，古国名，在今河南省新郑县一带。伯，是郑国爵位的封号，春秋时期各诸侯国被封为公、侯、伯、子、男五等爵位。郑伯，这里指郑庄公。段，共叔段，郑庄公的弟弟。鄢（yān），古地名，在今河南省鄢陵县西北。这篇写的是郑庄公在鄢地打败共叔段阴谋反叛的故事。

② 初：当初，即开始的时候。放在文章开头有追述往事的意思，这里指郑伯克段于鄢以前的时候。

③ 郑武公：郑国的国君武公，姓姬，名掘突。

④ 申：古国名，在河南省南阳县，国君姓姜。

⑤ 武姜：郑武公的妻子。"武"表示丈夫是武公，"姜"表示娘家姓姜，这是后人对她的称呼。

⑥ 寤（wù）生：指妇女生孩子时难产。

⑦ 遂恶之：于是厌恶他。遂，于是，因此。之，指寤生，即郑庄公。

⑧ 亟（qì）：多次，屡次。

⑨ 公弗许：公，指郑武公。弗，不。郑武公没有答应。

⑩ 及：到了。

⑪ 制：古地名，在今河南省荥阳县东北。

⑫ 公：指郑庄公。

⑬ 岩邑：岩，形容地势险要。邑，城镇。

⑭ 虢（guó）叔：东虢国的国君。虢，古国名，故址在今河南省荥阳县东北，公元前767年被郑所灭。

⑮ 佗（tuó）邑唯命：如果要别的地方，都听从你的安排。佗，同"他"，意为别的；唯命，即"唯命是从"。

⑯ 京：古地名。在今河南省荥阳县东南。

⑰ 祭（zhài）仲：郑国的大夫。

⑱ 雉（zhì）：古代的度量单位，城墙高一丈长三丈为一雉。百雉，即三百方丈。

⑲ 先王之制：前辈国君制定的制度。先，指死去的长辈或国君。

⑳ 大都不过参国之一：大的城市不超过国都的三分之一。参，同"三"。国，国都。下面的"五之一"，"九之一"，分别为不超过国都的五分之一、九分之一。中，指中等城市。小，指小城市。

㉑ 不度：不符合先王的制度、规矩。非制：不是先王的制度。不堪：受不了。

㉒ 焉辟害：怎么能避开祸害呢？焉，疑问代词，意为"怎么"、"哪里"。辟，同"避"。

㉓ 对曰：回答说。曰，即说。

㉔ 姜氏何厌之有：姜氏哪有满足的时候。厌：满足。

㉕ 不如早为之所：不如早点给她安排个合适的地方。所，地方，处所。

㉖ 滋蔓：滋长，蔓延。蔓，指植物细而长的茎。

㉗ 难图：难以图谋，就是没法对付。

㉘ 自毙：自取灭亡。毙：倒下去。

㉙ 子姑待之：子，古代对男人的尊称。姑：姑且，暂且。之，代词，指共叔段自毙的事。

㉚ 鄙：边远的地方。

㉛ 贰：指两属之地。贰于己，是说共叔段使原来属郑国管辖的西鄙、北鄙一方面明属于庄公，另一方面暗中属于自己。后边"国不堪贰"的贰，指两个国君。"又收贰以为己邑"的贰，指西鄙、北鄙两个地方。

㉜ 公子吕：郑国的大夫，字子封。

㉝ 无生民心：不要让老百姓因为有两个政权并存而生出二心。

㉞ 庸：同"用"，无庸，不用（管他）。自及：自己走向灭亡。

㉟ 廪延：古地名，当时郑国的西北边疆，在今河南省延津县北。

㊱ 厚将得众：指共叔段的土地扩大了将得到百姓的拥护。厚：多、广。得众：得民心。

㊲ 不义不暱，厚将崩：尽做不义的事，笼不住百姓的心，土地占得多也会垮台。暱，这里是团结人的意思。

㊳ 完：修整城墙；聚：聚集粮食。

㊴ 缮甲兵：就是修理、制造铠甲兵器。缮，修理，制造。兵：兵器。

㊵ 具卒乘：就是准备好步兵、战车。具，置办、准备。乘（shèng），古代四匹马拉的战车。

㊶ 启：打开。这里指武姜要打开国都的城门做内应。

㊷ 闻其期：打听到共叔段攻打国都的时间。

㊸ 二百乘：二百辆战车。古代打仗用战车，一辆战车配备甲士三人，步兵七十二人。

㊹ 五月辛丑：古代用天干和地支相配来纪日。

㊺ 出奔共：逃跑到共国去了。共：古国名，在今河南省辉县。

㊻ 遂：于是。寘，安置，这里是放逐的意思。

㊼ 城颍：郑国地名，在今河南省临颍县西北。

㊽ 黄泉：地下的泉水，指坟墓。

㊾ 颍考叔：郑国的大夫。颍谷：地名，在今河南省登封县附近。封人：官名，管理边疆的官吏。

㊿ 食舍肉：吃饭的时候，把肉拣出来放在一边。

(51) 羹：指肉。小人：颍考叔自己的谦称。

(52) 遗(wèi)之：赠送给她。之，指颍考叔的母亲。

(53) 尔：你。繄(yī)：句首语气词。

(54) “公语之故”句：庄公说出了原因，并把后悔的心情告诉了他。

(55) 患：忧愁的意思。

(56) 阙：同“掘”，挖的意思。

(57) 隧：地道，这里做动词，就是挖地道。

(58) 赋：赋诗，这里指嘴上唱着。

(59) 融融：形容和悦的样子。

(60) 泄泄(yì)：和乐的样子，形容心情舒畅。

(61) 如初：和当初一样。

译过来

当初，郑武公从申国娶了个妻子，叫武姜。武姜生了郑庄公和共叔段两个儿子。因为生庄公的时候难产，吓坏了姜氏，就给他取名叫寤生。姜氏很讨厌庄公而喜欢共叔段，一心想立共叔段做太子，好让他继承王位。为这事姜氏多次请求郑武公，郑武公一直没有答应。

等到庄公继位做了国君，姜氏又要求庄公把制这个地方给共叔段做封地。庄公说："制这个地方是个险要的城镇，从前东虢国的国君就死在那里。除了制，别的地方我都听从您的命令。"姜氏又提出京这个地方，庄公只好答应了，就让共叔段住到那里，从此人们就叫他京城大叔。

郑国的大夫祭仲对庄公说："国都以外的城市都不能太大，城邑超过三百方丈，就会成为国家的祸害。先王留下的规矩：大城市不能超过国都的三分之一，中等城市不能超过五分之一，小城市不能超过九分之一。现在共叔段的封地京却不符合先王的制度，这样发展下去，你就没法控制他了。"庄公回答说："姜氏要这样做，我有什么办法能避开祸害呢？"祭仲又说："姜氏哪有满足的时候呢？不如早点想个解决的办法，别让她的势力滋长蔓延，一旦蔓延起来就不好收拾了。蔓草长起来还不容易铲除，何况是你宠爱的弟弟呢？"庄公接着说："不义的事做多了，就会自取灭亡的。你别着急，等着瞧吧！"

后来京城大叔叫西部、北部边疆地区的百姓明着归属郑庄公，暗地里却归他管辖。郑国的另一位大夫公子吕对庄公说："一个国家不能有两个国君。你到底打算怎么办呢？如果你要把国君让位给共叔段，我们当臣子的就去服侍他，如果你不打算让位给他，就请你早点把他除掉，免得让老百姓产生什么别的想法。"庄公回答说："共叔段不用我去除，他会自食其果自取灭亡。"不久，共叔段就把西部、北部边疆地区完全归属自己，一直扩展到廪延这个地方，都成了他的领地。子封（就是公子吕）说："现在该治他的罪了，不然，他占的地方越多，就会越得人心。"庄公摇摇头说："不会的，他尽做不义的事，百姓就不会跟随他，这样，他占的地方越多，灭亡也就会越快。"

这时，京城大叔又开始修筑城池，招兵买马，制造铠甲兵器，操练步兵战车，准备偷袭郑国的国都，夺取君位，姜氏也约好打开城门做共叔段的内应。庄公知道了共叔段的进攻时间后说："这回可以收拾他了。"于是就命令子封率领二百辆战车去讨伐共叔段，京城的百姓也反叛了共叔段，共叔段众叛亲离，只好逃到鄢这个这方。郑庄公的军队又打到鄢。（公元前 722 年）五月二十三日，共叔段慌忙逃到共国去了。

郑庄公知道，因为有姜氏的支持，共叔段才敢这样干，就把姜氏送到城颍，还发誓说："不到黄泉，决不再跟她相见。"可是接着庄公又后悔了。这时候住在颍谷的一个管理边界的小官叫颍考叔的知道了这件事，就借给庄公送贡品的机会来见庄公。庄公给他准备了饭菜招待他。颍考叔在吃饭的时候，故意把肉都挑出来，放在一边。庄公问他这是为什么？颍考叔说："我家有个老母亲，我吃过的东西她都尝过了。唯独没有尝过国君赏赐的食物，请允许我把这些肉带回去给她吃吧！"庄公听了叹口气说："你多好啊，有母亲可以送给她肉吃，我却没有！"颍考叔问他："这是怎么回事啊？"庄公就把发誓不到黄泉不见母亲的事说了一遍，还说现在他很后悔。颍考叔听了笑了笑说："这事不用发愁，如果你挖一个地道，见到了地下的泉水，在地道里与你母亲见面，不就不违反你的誓言了吗？"庄公听了很高兴，就照颍考叔的话做了。就这样，姜氏与庄公母子俩在地道里相见了。庄公一进地道就唱着说："来到地道中，心里乐融融。"姜氏走出地道以后，也高兴地唱道："来到地道外，心里真畅快。"打这以后，姜氏和庄公又恢复了当初那种和谐的母子关系。

 **帮你读**

    本篇描写郑庄公继位当了国君之后,不动声色地平息了他弟弟共叔段谋权反叛的故事,深刻地揭露了统治阶级内部争权夺利的矛盾斗争。文中几个人物都写得很生动,特别是对郑庄公的描写更是深刻。你看,共叔段在他母亲姜氏的支持下准备夺取君权,这一点郑庄公是知道的。从姜氏要求把制给共叔段作封地,庄公不答应,就可以看出从一开始他就有防备。可是他不轻易动手,因为他知道如果共叔段只是准备叛乱夺权,而没有成为事实,没有证据,他搞起来就不能引起人们同情,还会认为他无情无义,残害自己的弟弟,所以大夫祭仲、公子吕几次劝说、提醒,他都不急不慌,让共叔段充分暴露,等待时机,直到他"闻其期",才说"可矣!"一举把共叔段打败,赶到共国去了。同时还把他母亲姜氏囚禁到城颍,并发誓"不及黄泉无相见也"。故事到此本来已经结束,可文章一转,说庄公很快又后悔囚禁他母亲了。又引出颍考叔给他出主意"阙地及泉",后"遂为母子如初",这样故事又起了波澜,对郑庄公人物性格的刻画就更完整、更深刻。另外,本文对姜氏溺爱共叔段以及共叔段的贪得无厌也从侧面描写得十分具体生动。

曹刿论战^①

《左传》

　　十年^②春,齐^③师伐我^④。公^⑤将战,曹刿请见。其乡人^⑥曰:"肉食者谋之^⑦,又何间^⑧焉?"刿曰:"肉食者鄙^⑨,未能远谋。"乃入见。

问:"何以战⑩?"公曰:"衣食所安⑪,弗敢专⑫也,必以分人。"对曰⑬:"小惠未遍⑭,民弗从也。"公曰:"牺牲玉帛⑮,弗敢加⑯也,必以信。"对曰:"小信未孚⑰,神弗福⑱也。"公曰:"小大之狱⑲,虽不能察⑳,必以情㉑。"对曰:"忠之属也,可以一战。战则请从。"

公与之乘㉒。战于长勺㉓。公将鼓之㉔,刿曰:"未可。"齐人三鼓㉕,刿曰:"可矣!"齐师败绩㉖。公将驰之㉗,刿曰:"未可。"下视其辙㉘,登轼㉙而望之,曰:"可矣!"遂逐齐师。

既克㉚,公问其故。对曰:"夫㉛战,勇气也。一鼓作气㉜,再而衰㉝,三而竭㉞。彼竭我盈㉟,故克之。夫大国,难测也,惧有伏㊱焉。吾视其辙乱㊲,望其旗靡㊳,故逐之。"

 讲一讲

① 曹刿论战:曹刿(guì),春秋时鲁国武士。本篇讲的是齐国和鲁国在长勺的一次战争。这次战争是一次以弱胜强的典型战例。

② 十年:指鲁庄公十年,即公元前 684 年。

③ 齐:春秋时期国名,在今山东省中部。

④ 我:指鲁国。据说《左传》为鲁国人左丘明所写,并以鲁国纪年,所以讲到鲁国时用"我",就是"我国"的意思。

⑤ 公:指鲁庄公。

⑥ 乡人:乡亲、同乡。

⑦ 肉食者:吃肉的人,指当官的、有权势的人。谋:谋划,商量。之:指打仗的事。

⑧ 间(jiàn):过问、参与。

⑨ 鄙：浅薄，没有见识。

⑩ 何以战：何以，拿什么，怎么。"何以战"就是凭什么去打这一仗呢？

⑪ 衣食所安：衣食这些供人享受的东西。

⑫ 专：专有。弗敢专，不敢自己独占。

⑬ 对曰：回答说。前面省略主语"曹刿"。

⑭ 未遍：没有都照顾到。

⑮ 牺牲：古代用来祭祀的牲畜。玉帛：古代用来祭祀的玉器及丝织品。

⑯ 加：虚报。弗敢加，不敢多报祭祀用的牲畜和玉帛的数量，表示心诚。

⑰ 未孚（fú）：没有取得信任。

⑱ 福：这里做动词用，保佑的意思。

⑲ 狱：指案件、案情。

⑳ 察：明察，明了。对案情了解得很清楚。

㉑ 必以情：一定要根据实际情况处理。以，根据。

㉒ 乘：战车，这里做动词，指乘坐战车。

㉓ 长勺：地名，在今山东省曲阜市北。

㉔ 鼓之：击鼓。古代打仗以击鼓作为发动进攻的号令。

㉕ 齐人三鼓：齐国的军队击了三遍鼓。

㉖ 败绩：大败。

㉗ 驰：赶着战车去追。之：指逃跑的齐军。

㉘ 辙：车轮的印迹。

㉙ 轼（shì）：车厢前边的横木，乘车人可以站起来，扶着观看四周。

㉚ 克：战胜、制服。

㉛ 夫（fú）：语气助词。用在句子开头，无意义。

㉜ 一鼓作气：第一遍击鼓，士气振作起来。作，振作；气，勇气，士气。

㉝ 衰：气衰，士气减退。

㉞ 竭：尽，士气已经没有了。

㉟ 盈：旺盛。

㊱ 伏：埋伏，伏兵。惧有伏，怕敌人有埋伏。

㊲ 辙乱：车轮的印迹杂乱。表示敌人逃跑时没有秩序。

㊳ 靡：倒下，旗靡，战旗都倒了。形容齐军逃跑时的慌乱。

译过来

　　鲁庄公十年的春天，齐国的军队来攻打我们鲁国。鲁庄公准备迎战。曹刿听说了要去见庄公。他的同乡说："打仗的事是当权的人谋划的，你又何必去参与呢？"曹刿说："那些当官的见识浅陋，没有深谋远虑。"于是曹刿就去进见鲁庄公。

　　见到庄公，曹刿就问他："你凭着什么去跟齐国作战呢？"庄公回答说："平时吃的穿的这些供人享受的东西，我从来不一个人独自受用，都要分给大家。"曹刿说："这些小恩小惠不可能让每个人都享受到，老百姓不会跟着你去打仗的。"庄公又说："祭神用的牲畜玉帛，我从来也不少用多报，对神灵我是诚心诚意的。"曹刿说："在这些小事情上讲信用，诚心也没有用，神灵也不能保佑你的。"庄公接着又说："对于大大小小的案情，我虽然不能了解得清清楚楚，但我是尽量根据事实来处理的。"曹刿点点头说:"这样做才是百姓为你尽心尽力的根本,我看可以出兵和齐国作战了。但打仗的时候,请让我跟随您一起去。"

鲁庄公跟曹刿同坐一辆战车,到长勺这个地方和齐军打仗。庄公刚要下令击鼓进攻,曹刿说:"慢着,先别发令!"等齐军击了三遍鼓以后,曹刿才说:"现在可以发令进攻了。"鲁军一出击,齐军就大败而逃。庄公马上要赶着战车去追击齐军。曹刿说:"等一等!"说着,曹刿就下车仔细看看齐军战车的车印,又登上车前栏杆看了齐军逃跑的阵式,然后才说:"现在可以追击了。"于是庄公下令乘胜追击齐军。

战斗胜利结束以后,鲁庄公问曹刿为什么一会儿不让追一会儿又让追。曹刿说:"打仗嘛,靠的是勇敢和士气。齐军第一遍击鼓,他们的士兵刚听到进攻的号令,士气最足。可是等到第二遍击鼓的时候,士气就减弱了,第三遍击鼓,他们的士气已经没有了。这时候,我们第一遍击鼓进攻,敌人的士气没有了,而我们的士气正是最旺盛的时候,所以一下子就把敌人打败了。齐国是个大国,很难预料他们是真败还是假败,我怕他们有埋伏,所以下车看看,他们的车印很乱,又看看他们的军旗都倒了,不像有秩序的退却,而是慌忙的逃跑,所以才请您下令追击齐军。"

 帮你读

本篇写的是一次以小胜大、以弱胜强的具体战例。在这里,作者精心刻画了一个叫曹刿的人物,给人留下了深刻的印象。曹刿是在强大的齐国围攻弱小的鲁国的关键时刻出场的。曹刿

作为一个普通的鲁国人,能从国家的利益出发,主动关心这场战争,并提出了"肉食者鄙,未能远谋"这样大胆的见解,是很可贵的。文中通过曹刿与庄公的对话,写出曹刿详细了解庄公的战前准备,说明曹刿认识到人民是战胜敌人的根本。通过战争过程的描写和曹刿对这次战争取胜的分析,用对比的手法,突出了曹刿判断和指挥的正确,能够很好地抓住战机,一举获得全胜。从对曹刿"下视其辙,登轼而望"的描写,可以看出曹刿的胆大心细、沉着冷静,很有战略家的风度!

本篇不长,事件叙述得很有条理,如开头写曹刿关心战争,接着写曹刿了解战前准备,再写战争过程,最后写对这次战争胜利的分析,脉络非常清楚,很值得我们学习。

子鱼论战①

《左传》

楚人伐宋以救郑②。宋公将战,大司马固谏③曰:"天之弃商④久矣,君将兴⑤之,弗可赦⑥也已。"弗听。冬十一月己巳朔⑦,宋公及楚人战于泓⑧。宋人既成列⑨,楚人未既济⑩。司马曰:"彼众我寡,及其⑪未既济也,请击之⑫。"公曰:"不可。"既济而未成列,又以告⑬。公曰:"未可。"既陈⑭而后击之,宋师败绩。公伤股⑮,门官歼⑯焉。

国人皆咎公⑰。公曰:"君子⑱不重伤⑲,不禽二毛⑳。古之为军㉑也,不以阻隘㉒也。寡人虽亡国之余㉓,不鼓不成列㉔。"子鱼曰:"君未知战㉕。勍敌㉖之人隘而不列,天赞我㉗也。阻而鼓之,不亦可乎㉘?犹有惧焉㉙。且今之勍者,皆吾敌也,虽及胡耇㉚,获则取之,何有于二毛㉛?明耻教战㉜,求杀敌也。伤未及死,如何勿重㉝?若爱㉞重伤,则如㉟勿伤;爱其二毛,则如服㊱焉。三军㊲以利用也,金鼓以声气也㊳,利而用之,阻隘可也,声盛致志,鼓儳可也㊴。"

① 子鱼论战：子鱼，宋国的大司马，司马是执掌全国兵权的官。这篇写的是宋襄公不听子鱼的劝告一再失去战机，导致与楚国作战失败的故事。

② 楚人伐宋以救郑：伐，攻打。当时楚国与郑国友好，郑国依附楚国。宋国的宋襄公要攻打郑国，楚国为了救郑而攻打宋国。

③ 大司马固谏：大司马固，指宋庄公孙公孙固。谏，劝阻。

④ 天之弃商：老天爷抛弃了商朝。指商朝被周灭掉。因宋国是商朝的后裔，故称商。

⑤ 兴：振兴，提高威信。

⑥ 弗可赦：弗，不。赦，赦免，饶恕。这句是说，老天爷也不会宽恕了。

⑦ 己巳朔：初一。朔，指阴历初一。

⑧ 泓（hóng）：河名，在今河南省柘（zhè）城西北。

⑨ 既成列：已经摆好作战的阵势。古代打仗按兵书上说的摆好各种方阵。既，已经。

⑩ 既：完了。济：渡河。未既济：还没有渡完河。

⑪ 及其：乘他。其，指楚国军队。

⑫ 请击之：请求下命令进攻楚军。之，代词，指楚军。

⑬ 又以告：又一次提醒。

⑭ 既陈：摆好阵势。陈，同"阵"。

⑮ 公伤股：公指宋襄公，股，大腿。在这次战争中宋襄公大

腿受了伤。

⑯ 门官：守门的官，出征时跟在国君身边当卫兵。殳：消灭。

⑰ 咎（jiù）公：责怪宋襄公。咎：归罪、责怪。

⑱ 君子：古代指有道德的人。

⑲ 重（chóng）：重复、再一次。不重伤，不打已经受了伤的敌人。

⑳ 禽：同"擒"，捉拿。二毛：头发有黑白两种颜色，即头发斑白的老人。

㉑ 古之为军：古代作战的信条。为军，即作战时应该遵守的信条。

㉒ 阻：险阻。隘（ài）：狭窄而危险的地方。不以阻隘：不攻击处于险阻狭隘境地的敌人，这里是不乘人之危的意思。

㉓ 寡人：古代国君或皇帝的自称。亡国之余：亡国君主的后代。宋国是商的后代，商朝已亡，所以宋襄公自称是亡国的后代。

㉔ 不鼓不成列：不攻打还没有摆好阵势的敌人。

㉕ 君未知战：您不懂得打仗的道理。

㉖ 劢（qíng）：强，劲，有力。劢敌，就是强大的敌人，这里指楚国的军队。

㉗ 赞：帮助。天赞我也：是说老天帮我们的大忙，指有了打胜仗的好时机。

㉘ 不亦可乎：不也是可以的吗？亦：也。

㉙ 犹有惧焉：还怕打不赢呢。惧：怕。

㉚ 胡耇（gǒu）：老人，上了年纪的人。

㉛ 获则取之：能俘获的就把他抓住。何有于二毛：对于头发

斑白的敌人,有什么可怜惜的呢?

㉜ 明耻教战:教育士兵什么是耻辱,怎样去战胜敌人。

㉝ 伤未及死,如何勿重:敌人虽然被打伤,但是并没有死,怎么可以不再打他呢?

㉞ 爱:可怜,同情。

㉟ 则如:那就不如。

㊱ 服:投降,降服。

㊲ 三军:周朝的制度,天子有六军,大国三军,次国二军,小国一军。一万二千五百人为一军。这里的三军泛指军队。三军以利用,意思是说,军队是用来打仗的。

㊳ 金鼓以声气也:古代打仗,以鸣锣为撤退、击鼓为进攻的信号。金指锣。声气,鼓动士气。这句是说,鸣锣和击鼓是用来指挥军队作战的。

㊴ 声盛致志:声气充沛壮大,可以鼓起士兵的战斗意志。鼓儳(chàn)可也:儳,混乱、不整齐的样子,指军队还没有列好阵式。这两句是说,既然击鼓是用来壮士气的,那么就是在敌人没有摆好阵势的时候,也照样可以发动进攻。

译过来

楚国人用攻打宋国的办法来救郑国。宋襄公准备迎战楚国。宋国的大司马公孙固劝阻说:"老天早就不保佑商朝了,您想振兴它,老天也不会答应的。"宋襄公根本不听公孙固的劝阻。这年(公元前638年)十一月初一日,宋襄公与楚国人在泓水边上摆上了战场。宋国的军队很快按照兵书上说的摆好了打仗的阵势，可楚国的军队正在渡河，还没有过完。子鱼说："楚国的军队多，力量强，我们的军队少，力量弱。乘他们正在慌忙渡河的时候，请您赶快下令进攻吧！"宋襄公说："那不行！"等到楚军全部渡过河来，还没有摆好打仗的阵式的时候，子鱼又一次提醒宋襄公赶快发动进攻。可宋襄公还是不紧不慢地说："还不到时候。"等楚军都过了河，摆好了阵势，宋襄公才下令进攻，可是已经晚了，宋军被打得大败，宋襄公还被打伤了大腿，他的卫兵也都被杀死了。

由于这次战争失败，都城里的人都埋怨宋襄公。宋襄公说："君子打仗的时候，是不打受了伤的敌人，不俘虏上了年纪的敌人的。古代作战有个原则，就是不攻击处于危险境地的敌人。我虽然是亡国之君的后代，也决不进攻没有摆好阵势的敌人。"子鱼听了回答说："您不懂得打仗的道理。强大的敌人，由于处在不利地势而不能列成作战队形，这正是老天给我们的好机会，我们利用敌人地势不利而进攻他们，这有什么不可以呢？就是这样，还怕打不赢敌人呢！现在那些跟我们争强的人，都是我们的敌人，即使是上了年纪的老人，能俘虏的我们也要把他们抓住，何况是头发斑白的半老的人呢！应该教给士兵什么是耻辱，教给他们作战的方法。上了战场就是要消灭敌人，敌人虽然受了伤，但是还没有死，还可能打我们，我们为什么不能再伤他们呢？如果可怜受了伤的敌人，不再打他，那当初就不该打伤他；如果可怜年纪大的敌人，那就不如投降他算了。军队本来是用来打仗的，鸣锣和击鼓是用来指挥军队的，既然军队是用来打仗的，就应该乘敌人处在不利地势时进攻他，既然击鼓可以鼓舞士气，就应该乘敌人没有摆好阵势时消灭他。"

本篇写的是春秋时期宋楚两国在泓水的一次战役。全篇采用子鱼与宋襄公在对这次战争的不同态度和在战争中不同的指挥方法的对比手法，有力地批判了宋襄公陈腐的战争观，歌颂了子鱼主张抓住战机消灭敌人有生力量的正确的军事思想。一开始，子鱼看到宋楚两国力量对比悬殊，主张不要轻易打，而宋襄公却不顾事实，盲目地应战；战争一打起来，子鱼又以积极的态度，认真分析战争的局势，寻找有利时机，而宋襄公却相反，不听子鱼的一再提醒和劝告，失去了一次又一次战机，最后被楚军打得大败，宋襄公自己也受了伤，这是多么鲜明的对照！

文章的后半部分，通过子鱼和宋襄公的对话，阐述了双方针锋相对的观点。宋襄公恪守的"不重伤"、"不禽二毛"、"不以阻隘"、"不鼓不成列"的"四不主义"全是腐朽的教条。子鱼说的"君未知战"四字断语，非常干脆地指出宋襄公不懂得打仗的道理，接着一条一条反驳了宋襄公的观点。子鱼的话句句在理，条条是道，不但很有说服力，而且反映了古代军事家的正确军事思想。

本篇可与《曹刿论战》对照来读。

介之推不言禄①

《左传》

先秦历史散文

晋侯赏从亡者②。介之推不言禄，禄亦弗及③。推曰："献公之子九人④，唯君在矣。惠、怀无亲⑤，外内弃之⑥。天未绝晋⑦，必将有主。主晋祀者⑧，非君⑨而谁？天实置之⑩，而二三子以为己力⑪，不亦诬⑫乎？窃⑬人之财，犹谓之盗，况贪天之功以为己力乎？下义其罪⑭，上赏其奸⑮，上下相蒙⑯，难与处矣！"

其⑰母曰："盍⑱亦求之，以死谁怼⑲？"对曰："尤⑳而效之，罪又甚焉，且出怨言，不食其食㉑。"其母曰："亦使知之㉒，若何㉓？"对曰："言，身之文也㉔，身将隐㉕，焉用文之？是求显也㉖。"其母曰："能如是乎？与女偕隐㉗。"遂隐而死。晋侯求之，不获，以绵上为之田㉘，曰："以志吾过㉙，且旌善人㉚。"

讲一讲

① 介之推不言禄：介之推，人名，又称介推，春秋时晋国贵族。禄，旧时官吏的薪俸，这里有功劳的意思，不言禄，就是不表功。

② 晋侯赏从亡者：晋侯，即晋文公重耳。晋国封为侯爵，所

以称晋国的国君为晋侯。从亡者,跟随晋文公逃亡的人。介之推就是从亡者之一。

③ 禄亦弗及:这里的禄指晋文公的赏赐、封赏。弗及,没有得到。

④ 献公:晋献公,晋文公的父亲。献公共有九个儿子,这时候只剩下晋文公一个人了。

⑤ 惠、怀无亲:惠指晋惠公,怀指晋怀公,晋文公逃亡时在位。无亲,指惠公大量诛杀群臣,怀公统治严酷,失去民心。

⑥ 外内弃之:外指各诸侯国,内指国内臣民,之,指惠公、怀公。

⑦ 天未绝晋：绝，断绝。老天并没有抛弃晋国。

⑧ 主晋祀者：祀（sì），祭祀。主持晋国祭祀神灵活动的人，这里指治理晋国大事的人。

⑨ 君：指晋文公。

⑩ 天实置之：这实在是上天安排的。置，安置、安排。之，代词，指晋文公主祀的事。

⑪ 二三子：指跟随晋文公逃亡的人。以为己力：认为是自己个人的力量。

⑫ 诬：欺骗。

⑬ 窃：偷盗。

⑭ 下：群臣，这里指那些争功受赏的人。义：合乎时宜的道德、行为。下义其罪：意思是说那些争功邀赏的人把自己的罪过当成合乎时宜的善事。

⑮ 上：君主，这里指晋文公。奸：邪恶、狡诈。上赏其奸：意思是君主奖赏那些做了邪恶事情的人。

⑯ 蒙：蒙蔽、欺骗。

⑰ 其：代词，他的，指介之推。

⑱ 盍（hé）：为什么，为什么不。

⑲ 怼（duì）：怨恨。谁怼：怨谁。

⑳ 尤：罪过、过错。

㉑ 不食其食：前一个食为动词，就是吃，后一个食为名词，就是食物，指晋文公赏赐的俸禄。

㉒ 亦使知之：亦，也。也让他知道知道这事。

㉓ 若何：怎么样啊？

㉔ 言，身之文也：言，语言，说的话。文，文饰。这句是说，言

先秦历史散文

语是人的文饰。

㉕ 隐:隐藏,这里指隐居,不做官。

㉖ 是求显也:这样做还是要求得让人知道。是,这,这样;显,显扬,传扬。

㉗ 与女偕隐:跟你一块隐居。女:同"汝",你的意思,偕(xié):共同,一块儿。

㉘ 以绵上为之田:绵上:地名,在今山西省介休县东南。之,代词,指介之推。为之田,作为介之推的封地。

㉙ 志:记,记住。过:过失,过错。

㉚ 且旌(jīng)善人:并且表彰好人。旌:表彰。善人:好人。

译过来

　　晋文公封赏跟随他逃亡的臣子。有个叫介之推的人,虽然跟随晋文公多年,但是他没有表功,所以也没有得到晋文公的赏赐。介之推说:"当初晋献公有九个儿子,如今就只剩下晋文公一个还活着。晋惠公、晋怀公都没有跟他们亲近的人,弄得外边各诸侯国不理他们,国内的百姓也抛弃了他们。但是老天并没有忘记晋国,将来必定有人出来做晋国的国君。这实在是上天早就安排好的。然而跟随他逃亡的那些人,却认为晋文公做国君是他们的功劳,这不是明显的欺骗吗?偷别人的钱财,还叫盗窃呢,何况是贪天之功为自己功劳的人呢!这种贪天功的行为,本来就是一种过错,他们却当成忠义的事情,而晋文公还要赏封这些奸诈的人。这样上下互相欺骗,我是很难跟他们在一起共事的。"

介之推的母亲对介之推说："你为什么不去请赏呢？你自己不去，就是死了又能怨谁呢？"介之推回答说："我已经说过他们的过错了，我再去仿效他们那样做，不是错上加错吗？我既然已经说过怨恨他的话，就不能再吃他给的赏赐！"他母亲又说："要不你去说说，让他们也知道知道这个道理，怎么样？"介之推回答说："语言是用来美化人的行为的，我就要隐居山林，何必再去多说呢？如果那样做，我不也成了炫耀自己的人了吗？"他的母亲听了点点头说："你真能这样做吗，那么我跟你一块儿到山林里去隐居起来吧？"于是他隐居起来，一直到死。后来，晋文公到处找介之推也没有找到，就把绵上这个地方的土地做了介之推的封地，供奉他。晋文公说："这样做是为了记住我的过失，也是为了表彰那些高尚的人啊！"

帮你读

本篇写介之推不为名不为利，隐居深山至死的故事。文中通过介之推与他母亲的对话，表现了介之推不追名逐利的高尚品格。晋文公被迫逃亡时，介之推是跟随他的臣子之一，他在晋文公最困难的时候，曾经割大腿上的肉给晋文公充饥，可以说是忠心耿耿。但是晋文公在回国做了国君之后，赏赐跟随他的有功之臣时，却把介之推忘得一干二净。介之推认为，跟随晋文公的一群人贪天之功，难以相处，决定隐居起来。这种不表功、不受禄的品质是很可贵的。

文中介之推与母亲的对话写得很简练，也很有条理。特别是他母亲几次试探性的问话，字里行间好像能看到他母亲当时的矛盾心态，一旦介之推决定隐居时，她毅然说了"与女偕隐"，表现了一个母亲的宽广胸怀。最后结尾处写晋文公求之不获，便"以绵上为之田"，这一方面表现了晋文公知错必改，同时更表彰了介之推的精神，是点睛之笔。

应该指出的是，本文开头，介之推把晋文公能回国当国君归之于天命，这显然是儒家的"君权神授"思想的反映，这是不可取的。

晋楚城濮之战①

《左传》

宋人使门尹般如晋师告急②。公③曰："宋人告急，舍之则绝④，告楚不许⑤。我欲战⑥矣，齐、秦未可⑦，若之何⑧？"先轸⑨曰："使宋舍我而赂齐、秦⑩，藉之告楚⑪。我执曹君⑫而分曹、卫之田以赐宋人⑬。楚爱曹、卫，必不许也⑭。喜赂怒顽⑮，能无战乎⑯？"公说⑰，执曹伯，分曹、卫之田以畀⑱宋人。

楚子入居于申⑲，使申叔去榖⑳，使子玉去宋㉑，曰："无从晋师㉒。晋侯在外十九年㉓矣，而果得晋国。险阻艰难，备尝之矣㉔；民之情伪㉕，尽知之矣。天假之年㉖，而除其害。天之所置，其可废乎㉗？军志㉘曰：'允当则归㉙。'又曰：'知难而退㉚。'又曰：'有德不可敌㉛。'此三志者，晋之谓矣㉜。"

子玉使伯棼请战㉝，曰："非敢必有功也，愿以间执谗慝之口㉞。"王怒㉟，少与之师㊱，唯西广、东宫与若敖之六卒实从之㊲。

子玉使宛春告于晋师㊳曰："请复卫侯而封曹，臣亦释宋之围㊴。"子犯㊵曰："子玉无礼哉！君取一，臣取二㊶，不可失矣㊷。"先轸曰："子与之㊸！定人之谓礼㊹，楚一言而定三国㊺，我一言而亡之㊻。我则无礼，何以战乎？不许楚言㊼，是弃宋也；救而弃之㊽，谓诸侯何㊾？楚有三施㊿，我有三怨[52]，怨仇已多，将何以战⑤？不知私许复曹、卫以携之⑤，执宛春以怒楚⑤，既战而后图之⑥。"公说，乃拘⑥宛春于卫，且私许复曹、卫。曹、卫告绝于楚⑥。

子玉怒，从晋师。晋师退。军吏⑥曰："以君辟臣⑥，辱也。且楚师老⑥矣，何故退？"子犯曰："师直为壮，曲为老⑥，岂在久乎⑥？微楚之惠不及此⑥，退三舍辟之，所以报也⑥。背惠食言⑥，以亢其仇⑥，我曲楚直，其众素饱⑥，不可谓老。我退而楚还，我将何求⑥？若其不还，君退臣犯，曲在彼⑥矣。"退三舍，楚众欲止⑥，子玉不可。

夏四月戊辰⑥，晋侯、宋公、齐国归父、崔夭、秦小子慭次于城濮⑥。楚师背酅而舍⑥，晋侯患之，听舆人之诵，曰⑥："原田每每⑥，舍其旧而新是谋⑥。"公疑焉。子犯曰："战也。战而捷，必得诸侯⑥。若其不捷，表里山河⑥，必无害⑥也。"公曰："若楚惠何？"栾贞子⑥曰："汉阳诸姬，楚实尽之。思小惠而忘大耻，不如战也。"晋侯梦与楚子搏⑥，楚子伏己而盬其脑⑥，是以惧。子犯曰："吉！我得天⑥，楚伏其罪⑥，吾且柔之矣⑥。"

子玉使斗勃⑥请战，曰："请与君之士戏⑥，君冯轼⑥而观之，得臣与寓目⑨焉。"晋侯使栾枝对曰："寡君闻命矣⑩。楚君之惠，未之敢忘⑩，是以在此。为大夫退，其敢当君乎⑭？既不获命⑮矣，敢烦大夫谓二三子⑯：'戒尔车乘，敬尔君事⑰，诘朝⑱将见。'"

① 晋楚城濮之战：城濮，春秋时卫国地名，在今山东省濮县南，城濮之战是历史上很有名的一次战争，是晋国夺取诸侯霸主地位的一次决定性战役。

② 门尹般：宋国的大夫，姓门尹，名般。如：往，如晋师，就是到晋国军队中去。告急：求救，搬救兵。当时南方的楚国逐渐强大起来，开始争霸，联合了几个小国一起围攻宋国，宋国为此到晋国搬救兵。

③ 公：指晋文公重耳。

④ 舍：放弃。之：代词，指宋人告急的事。绝：断绝关系。晋文公逃亡时，宋国对他友好，晋宋两国结成同盟，如果晋对楚国围宋的事不管，宋国就会与晋国断绝关系，晋国就会因失去一个盟国而势力衰落。

⑤ 告楚不许：请楚国人撤兵，他们是不会答应的。

⑥ 欲战：想要帮助宋国人打仗。

⑦ 齐、秦未可：齐国和秦国不会同意。这时候齐国和秦国都是晋国的盟国，晋如果和楚国打仗，没得到齐国和秦国的同意，就会得罪齐、秦两国，所以晋文公感到为难。

⑧ 若之何：怎么办呢？

⑨ 先轸（zhěn）：晋国的中军主将，也叫原轸。

⑩ 使宋舍我而赂齐、秦：赂（lù）是赠送财物。这句的意思是：让宋国抛开我们晋国，送些礼物给齐国和秦国。

⑪ 藉之告楚：藉，依靠。依仗他们（指齐、秦两国）出面请楚国退兵。

⑫ 我执曹君：执，捉拿、拘捕。曹君，曹国的国君曹共公。曹国、卫国都是小国，在晋文公逃亡时对晋文公不友好。这时候晋文公伐卫灭曹，已经俘虏了曹共公。

⑬ 分曹、卫之田以赐宋人：把曹国、卫国的土地分送给宋国。

⑭ 必不许也：一定不会接受齐、秦两国的说情。这是晋国离

间楚国和齐、秦的计策。曹国和卫国与楚国是友邦，晋国把曹、卫两国的土地送给宋国，楚国会更怨恨宋国，这样齐、秦两国再请楚国撤回围攻宋国的军队，楚国肯定不会答应，这样楚国没有给齐、秦两国面子，又与齐、秦结下怨仇。

⑮ 喜赂怒顽：齐、秦得了宋国的好处，愿意为宋国说情，这是喜赂。楚国不答应撤兵的顽固态度，又会激怒齐、秦两国，这是怒顽。

⑯ 能无战乎：还能没有仗打吗？

⑰ 说（yuè）：同"悦"，高兴。指晋文公听了先轸出的主意高兴起来。

⑱ 畀（bì）：给与、送给。

⑲ 楚子：指楚成王，楚国被封为子爵。入居于申：临时进驻申这个地方。申：地名，在今河南省南阳县。

⑳ 使申叔去穀：申叔是申国大夫，受楚国之命率兵攻打齐国，占领了齐国的穀这个地方，并驻防在那里。穀（gǔ），地名，在今山东省东阿县。去，离去，撤离。这句是说，命令申叔从穀这个地方撤兵。

㉑ 使子玉去宋：命令子玉撤回攻打宋国的军队。子玉，楚国的令尹（相当于宰相）成得臣，是楚国对宋作战的主要统帅。

㉒ 无从晋师：不要向晋国的军队发动进攻。从，追赶，进攻。

㉓ 晋侯在外十九年：指晋文公为公子时曾被迫逃亡在外，历时十九年。

㉔ 险阻艰难，备尝之矣：这句话的意思是说，晋文公逃亡在外十九年，什么样的艰难险阻都经历过了。尝，品尝，这里是经历的意思。

㉕ 民之情伪：人心的真假。情，真实的情况。伪，假的。这句说的是晋文公了解民情。

㉖ 天假之年：老天让他（指晋文公）活下来。假，借助。年，年岁。此时晋文公的兄弟都已死了。

㉗ 天之所置，其可废乎：这是老天安排好的，人的力量怎么能把它推翻呢？古代人讲迷信，认为人的成功与失败都是天意。

㉘ 军志：古兵书。

㉙ 允当：得到了相当的结果。则归：可以收兵了。允当则归就是适可而止的意思。

㉚ 知难而退：知道是做不到的事情，就不要硬去做。

㉛ 有德不可敌：有道德的一方是不可抵挡的。德，道德，品行。

㉜ 此三志者，晋之谓矣：兵书上的这三句话好像说的就是晋国。三志，指前边所说军志中提出的三项原则。

㉝ 子玉使伯棼请战：伯棼（fén），人名，楚国大夫。当时楚成王命令成得臣（子玉）撤军，成得臣不愿意撤，就派伯棼去找楚成王请战。

㉞ "非敢必有功"句：不敢说一定能建立什么功勋，但是我愿意借这个机会打一仗，堵住那些拨弄是非的人的嘴。这句话是以成得臣的口气说的。因为有人说过成得臣高傲自大，一定会失败。以间：乘这个机会。执，堵住。谗慝（tè）：拨弄是非的人。

㉟ 王怒：楚成王很生气。当时诸侯国国君都称公，楚国国君却自称王。

㊱ 少与之师：给他（指成得臣）很少的军队。

㊲ 西广、东宫：都是楚国军队的名称。若敖：成得臣的祖先，

此处指以其祖先命名的军队。卒:一百名士兵,六卒只有六百人。实从之:由他(成得臣)指挥。

㊳ 子玉使宛春告于晋师:成得臣派宛春告诉晋军。宛春:楚国大夫。成得臣不听楚成王的命令,不愿撤军,派宛春来讲条件。

㊴ "请复卫侯而封曹"两句:请你们恢复卫侯的地位,重新建立曹国,这样我才撤退围攻宋国的军队。臣,成得臣自称,这是成得臣提出的撤军条件。释:撤退,退兵。

㊵ 子犯:人名,晋国的大夫狐偃。

㊶ 君取一,臣取二:君,指晋文公,是国君;臣,指成得臣,是臣子。取一,得到一样好处,按照成得臣的条件,成得臣得到复卫、封曹两项利益,而晋文公只得到宋国解围一项利益,所以说,君取一,臣取二。

㊷ 不可失矣:不能犯这样的错误。失:过失。

㊸ 子与之:请你答应他的要求。

㊹ 定人之谓礼:使人得到安定才合乎圣人说的礼。

㊺ 楚一言而定三国:楚国一句话就能使三国的人民得到安定。指复卫、封曹、解宋围三件事。

㊻ 我一言而亡之:我们晋国一句话,就使他们三个国家都要灭亡。之,指卫、曹、宋三国。

㊼ "我则无礼"二句:这样做我们不合乎礼,拿什么去打仗呢?

㊽ 不许楚言:不答应楚国提出的条件。

㊾ 救而弃之:晋文公原是为救宋国的危难,现在不同意成得臣的条件,等于不救宋国,把宋国抛弃了。之,指宋国。

(50) 谓诸侯何:怎么向诸侯各国交代呢?

(51) 楚有三施:楚国对三个国家有恩惠。施:给以恩惠。

(52) 我有三怨:我们晋国却对三个国家都结下了怨仇。

(53) 将何以战:靠什么去打仗呢?

(54) 私许复曹、卫以携之:暗中同意恢复曹国和卫国,以离间他们和楚国的关系。携:离间。之:指曹、卫、楚之间的关系。

(55) 怒楚:激怒楚国。

(56) 既战而后图之:战争结束以后再考虑这些问题。既:结束,完了。图:考虑。

(57) 拘:拘留、拘禁。

(58) 告绝于楚:宣告与楚国断绝关系。

(59) 军吏:就是军官。

(60) 以君辟臣:晋楚两国交战,晋国是国君晋文公率兵与楚国宰相成得臣对阵,成进攻,晋退兵,所以说"以君辟臣",认为这是耻辱的事情。

(61) 老:士气衰落,厌战。

(62) 师直为壮,曲为老:打仗的事,正义的一方士气就壮,不正义的一方士气就衰。直,就是有理,曲就是没理。

(63) 岂在久乎:哪里在出征时间的长短呢?

(64) 微楚之惠不及此:如果没有楚国的帮助,就没有我们的今天。晋文公逃亡时,楚国给过他援助。微:没有。

(65) 退三舍辟之:古代行军以三十里为一舍,三舍即九十里。晋文公逃亡在楚王的时候,楚国曾问他,如果你做了国君,怎么报答我呢?晋文公说,如果我们两国交战,我一定退后三舍让着你。这里是晋文公要实现当初的诺言,以报答楚国的恩惠。

㉞ 背惠食言:忘记过去的恩惠,背弃当初的诺言。

㉧ 以亢其仇:加深仇恨。

㉨ 素饱:给养一直充足。

㉩ "我退而楚还"句:当时晋楚两国实力相当,晋国如能让楚国撤军也就达到了目的。这句是说,我们撤退,楚军如果回去了,也就没什么说的了。

㉪ 曲在彼:曲:不正直,偏邪。这里作"不占理"讲。楚国就不占理了。彼:另一方,指楚国。

㉫ 楚众欲止:楚国人都说应该停止向晋国进攻。

㉬ 夏四月戊辰:四月初三。古代把阴历四、五、六三个月作为夏季。

㉭ 宋公:宋国国君宋成公。国归父、崔夭(yāo)都是齐国的贵族。小子慭(yìn):秦国的公子。以上这些人都是晋国的盟军,参加了这次城濮之战。次:进驻。

㉮ 鄙(xī):山名,在城濮附近,是一个险要的地方。舍:宿营,驻扎。

㉯ 舆人:众人。诵:歌唱。

㉰ 原田每每:田野里的禾苗长得很茂盛。每每,形容茂盛。

㉱ 舍其旧而新是谋:要抛开旧的,一心一意找寻新的。这句的意思是要晋文公不要只记住楚国的旧惠,应该建立新的功劳。

㉲ 必得诸侯:必然得到诸侯的拥护。

㉳ 表里山河:内有太行山,外有黄河,可以固守。

㉴ 必无害:这句是说,即便是没有打胜这一仗也没有什么害处。

㉵ 栾贞子:即栾枝,晋国大将。

(82)“汉阳诸姬”句：晋国和周王室都是姬姓国家。这句是讲，汉水以北姓姬的国家都让楚国吞并了，这是“大耻”。楚国对晋文公的帮助是“小惠”，栾枝劝晋文公不要老想着小惠而忘掉大耻。

(83) 搏：空手对打。

(84) 盬(gǔ)其脑：吮吸他的脑汁。盬：吸、饮。其，代词，指晋文公。

(85) 我得天：我们得到了老天的帮助。晋文公做梦面向着天上，所以说得天。

(86) 楚伏其罪：楚王脸朝下，是伏罪的表示。

(87) 吾且柔之矣：古代传说，脑汁可以使东西柔软。楚王吸晋文公的脑汁，是将要战败的征兆。柔，软化，被征服的意思。这些都是迷信的说法。

(88) 斗勃：楚国的大夫。

(89) 戏：游戏。这是成得臣骄傲的表现，把打仗说成游戏，玩一玩。

(90) 冯(píng)轼：靠着车前边的横木。

(91) 寓目：观看。

(92) 寡君闻命矣：我们的国君听见你说的话了。对别人称自己的国君为寡君，表示谦虚。

(93) 未之敢忘：没有敢忘记。这里还是指晋文公没有忘记楚国对他的支持和帮助。

(94) 其敢当君乎：哪里敢跟你们的国君对抗呢？

(95) 既不获命：既然得不到你们的应允。

(96) 谓二三子：告诉你们的将帅，指成得臣等那一般人。

㊆ "戒尔车乘"二句：准备好你们的战车，重视你们国君给你们的任务。这是下战书的意思。戒，准备。

㊈ 诘（jié）朝：明天早上。

晋车七百乘①，韅、靷、鞅、靽②。晋侯登有莘之虚③以观师，曰："少长有礼④，其可用也！"遂伐其木，以益其兵⑤。己巳⑥，晋师陈于莘北⑦。胥臣⑧以下军之佐当陈、蔡⑨。子玉以若敖之六卒将中军，曰："今日必无晋矣⑩。"子西⑪将左，子上⑫将右。胥臣蒙马以虎皮⑬，先犯⑭陈、蔡。陈、蔡奔，楚右师溃。狐毛设二旆而退之⑮。栾枝使舆曳柴而伪遁⑯，楚师驰之，原轸、郤溱以中军公族横击之⑰。狐毛、狐偃以上军夹攻子西，楚左师溃。楚师败绩。子玉收其卒而止，故不败⑱。

晋师三日馆穀⑲，及癸酉⑳而还。甲午㉑，至于衡雍㉒，作王宫于践土㉓。

 讲一讲

① 七百乘：古代打仗使用战车，每辆战车配七十五名兵卒。

② 韅（xiǎn）靷（yǐn）鞅（yāng）靽（bàn）：指套在马身上的皮带、缰绳之类。在肚子底下的为韅，在马胸部的叫靷，在马脖子上的叫鞅，在马后边的叫靽。这里是形容晋军车驾齐整。

③ 有莘（shēn）之虚：有莘国的旧址。有莘，古国名，在今山东省曹县附近。

④ 少长有礼：军队上下都很有秩序。

⑤ 以益其兵：用以增加兵器。

⑥ 己巳：四月初四日。

⑦ 陈：同"阵"，列好打仗的阵势。莘北：即城濮。

⑧ 胥臣：晋国的大夫，下军的副帅。

⑨ 佐：辅助，帮助。当：抵挡，抵御。陈、蔡，当时的两个小国，都是楚国的盟国，并派兵参加了这次战斗。

⑩ 必无晋矣：一定消灭晋军了。

⑪ 子西：楚国的最高军事长官，在这次战斗中为左军统帅，成得臣为中军统帅。

⑫ 子上：楚国大夫斗勃的字，右军统帅。

⑬ 蒙马以虎皮：用虎皮蒙在马身上。这是晋军的计策。陈、蔡两国的战马一见蒙着虎皮的马冲过来，以为是老虎来了，吓得逃跑了。

⑭ 犯：进犯，侵犯。这里作"进攻"讲。

⑮ 狐毛：晋军的军官。旆（pèi）：大旗。这句是说，狐毛设置了两面大旗装作退却的样子。这也是晋军的计策。

⑯ "使舆曳柴"句：让战车拖着树枝，假装逃跑。曳（yè）：牵引、拉。伪遁：假装逃跑。这又是晋军的计策。车拖着树枝跑，扬起烟尘，迷惑楚军，引诱楚军上钩。

⑰ 原轸：即先轸。郤（xì）溱（zhēn）：晋军的将领。公族：国君率领的军队。横击之：半腰杀过来。之，指楚军。

⑱ "收其卒"句：成得臣一看形势不好，赶紧收兵停止了进攻，所以他的军队没有被消灭。

⑲ 馆穀：驻进敌人的营房，吃敌人的军粮。这里指楚军逃跑慌忙，晋军占领了楚军的驻地吃他们来不及带走的粮食等。馆，驻扎。

㉑ 癸酉：四月初八日。晋军在楚军驻地吃喝了三天才回去。

㉑ 甲午：四月二十九日。

㉒ 衡雍：郑国地名，在今河南省原武县。

㉓ 践土：郑国地名，在今河南省荥阳县。晋军在城濮之战之中取得了决定性的胜利。周襄王慰劳晋军。晋文公在践土这个地方为周王建了一所行宫，以提高晋文公在诸侯中的威望。

译过来

宋国人派一个叫门尹般的人到晋国军队中求援。晋文公说："宋国人来请救兵，如果我们不管，宋国就会和我们断绝关系；我们要是出兵去救宋，又怕齐国和秦国不同意，这可怎么办呢？"晋国的中军主将先轸说："让宋国抛开我们送些礼物给齐国和秦国，让他们出面请楚国退兵。我们将曹国的国君曹共公拘禁起来，再把曹国和卫国的土地送给宋国。楚国跟曹国、卫国友好，一定不会答应撤回围宋的军队。这样，齐国和秦国得了好处，愿意替宋国说话，而楚国不撤兵的顽固态度又会激怒齐、秦两国，他们之间还能不打仗吗？"晋文公听了很高兴，拘禁了曹共公，又把曹国和卫国的土地送给了宋国。

楚国的国君楚成王把军队开到申这个地方驻扎下来，命令申叔的军队从穀这个地方撤走，命令成得臣撤回攻打宋国的军队。楚成王说："咱们不要向晋国的军队挑战了，晋文公在外流亡十九年，后来得到了晋国，做了晋国的国君，什么样的艰难险阻他都经历过了，人心的真假背向，他都知道得清清楚楚。老天给了他活下来的机会，把他的敌人都消灭了，这是老天安排好了的,人的力量怎么可能随便改变呢?兵书上说:'适可而止。'还说:'知难而退。'还说:'正义的军队是不可战胜的。'兵书上的这三句话好像说的就是晋国。"

楚军主将成得臣听了很不服气,派伯棼去请求楚成王非要跟晋国打一仗不可。他说:"我不敢说这一仗一定能取得胜利,但是我愿意借这个机会,堵住那些拨弄是非说我坏话的人的嘴。"楚成王很生气,只给了他很少的军队,就是西广、东宫和若敖的六百名士兵由他指挥。

成得臣又派楚国的大夫宛春到晋国对晋文公说:"请你们恢复卫侯的地位,重新建立曹国,我们就撤回围攻宋国的军队。"晋国大夫狐偃对晋文公说:"成得臣这个家伙太没有礼貌,您当国君的只得到一项好处,他当臣子的却要得到两项好处,您千万别犯这个错误。"先轸在一旁听了却对晋文公说:"您还是答应他的条件吧!能使别人过安定的生活,才合乎圣人说的礼。楚国一句话能使宋、曹、卫三个国家的百姓都得到安定,而我们一句欠考虑的话就可能把这三个国家都灭亡了。这样做不合乎礼,我们靠什么去打仗呢?不答应楚国的条件,就等于放弃了对宋国的支援。我们本来是要救宋国的,现在又不管了,怎么向诸侯各国交代呢?不答应他,结果是楚国对这三个国家都有恩惠,我们对这三个国家都结下了怨仇,结怨太多了,以后我们怎么去征服天下呢?不如我们暗地里告诉曹、卫两国,恢复他们的地位,以此来分化曹、卫两国和楚国的关系。我们扣留宛春,必定会激怒楚国,还怕仗打不起来吗?别的问题等打完仗再考虑吧!"晋文公高兴地接受了先轸的意见,把宛春扣在卫国,暗地里恢复了曹国和卫国的地位,曹国和卫国宣告与楚国断绝关系。成得臣非常生气，下令追击晋国的军队，而晋文公却命令军队撤退。有的军官不明白，就说："国君跟臣子打仗，国君先撤退，这是耻辱的事情。再说，楚军长期在外出征，士气不振，我们为什么不敢打他们呢？"晋国大夫狐偃说："打仗的事，正义的一方士气就壮，非正义的一方士气就衰，不在出兵时间的长短。如果没有当初楚国的帮助，就不会有我们晋国的今天，我们这样做，就是实现当初说的两兵相遇，退避三舍来报答楚国的诺言。我们如果忘掉了当初的恩惠，背弃诺言，来加深仇恨，这样我们就理亏，而楚国人就占了理。再说楚国军队粮草充足，不能说他们士气衰落。我们退了兵，如果楚军也回去了那就相安无事，没什么可说的了。如果楚军不退，那么国君退让而他做臣子的还进攻，他就理亏了。"结果，晋军退出九十里，楚国人都说算了别追了，可是成得臣不答应，还是追击。

（前632年）阴历四月初三这天，晋文公、宋成公、齐国的国归父、崔夭、秦国的小子憖率领自己的军队进驻到城濮这个地方。楚国的军队呢，在离城濮不远的鄗这个地方驻下来。晋文公为这次战斗的事心里没底，有点担心，听见众人在唱歌，歌中唱道："田野里的禾苗长得真茂盛，让我们舍弃那旧的，去寻求新的东西吧！"晋文公更怀疑这一仗能不能打胜。狐偃对他说："打吧，打胜了，你就可以做各国诸侯的霸主，就是打不胜，我们外有黄河，内有太行，还可以固守，也没有什么害处。"晋文公说："那么楚国过去对我们的情谊都不顾了吗？"晋国的将领栾枝在一旁说："汉水以北那些与晋国同姓的姬姓国家，都让楚国给消灭了。这是大耻大辱，你老想着楚国对你的小恩小惠而忘了这些大耻大辱，不如干脆别打仗了。"晚上，晋文公做了一个梦，梦见他与楚王空手对打。结果被楚王率得仰面朝天,楚王爬在他的身上吸食他的脑汁。醒来以后,晋文公十分害怕。狐偃说:"这个梦是个吉兆啊!您仰面朝天,是得到了天的照应,楚王爬在你的身上,是在向你伏罪。楚王吸你的脑汁,那就可以使他软化,那不就是说他要战败吗?"

这时候,成得臣又派斗勃来向晋文公挑战说:"请让我的士兵跟您的部下玩一玩吧,您站在车上扶着横木观看,我成得臣也跟你一块欣赏这场游戏!"晋文公派栾枝回答成得臣的挑战,说:"我们的国君听见你说的话了。楚国的国君对我们有恩,我们没有忘记,所以我们才退到这里。正因为想着你们国君的恩惠,所以对你们的大夫我们都退让了,怎么还敢跟你们的国君对抗呢?既然你们不答应,那就请转告你们的几位将帅:'准备好你们的战车,牢记你们国君给你们的重托,明天早上咱们在这里相见吧!'"

晋军准备了七百辆战车,所有的战马身上的皮甲、缰绳、络头等都很完备齐整。晋文公登上有莘国旧城址来检阅他的军队,说:"军队上下行动都很有秩序,现在是用着他们的时候啦!"说着,他命令士兵砍伐树木。准备一些打仗用的器具。四月初四日,晋军在城濮摆好阵势,下军统帅胥臣的军队作为辅助,准备抵挡楚国的盟军陈国和蔡国的军队。楚国的成得臣率领的王家军作为主力,他说:"今天一定可以消灭晋国的军队啦!"子西的军队为楚国的左军,子上的军队为楚国的右军。

战争一开始,胥臣的部队给他们的战马身上蒙上虎皮,先向陈、蔡的军队冲去。陈、蔡两国的战马,以为是老虎来,害怕得四处逃跑。楚国的右路军很快败下阵来。晋军的狐毛,让人扛着

先秦历史散文

两面大旗装作退却，栾枝让车子拖着树枝，扬起灰尘，假装逃跑，楚军一看高兴地追杀过来。可是埋伏在两边的晋军将领先轸、郤溱率领的军队突然冲杀出来；狐毛、狐偃的军队也赶上来夹攻子西的左路军，楚国的左路军又败下阵来。结果楚军大败，成得臣见势不妙赶紧收兵，所以他的军队没有被消灭。

晋军开进楚军原来的营地，大吃大喝三天，到四初八日才离开。四月二十九日，周襄王为庆祝晋军的胜利，要去慰劳晋军，晋文公特地在践土这个地方修筑了一所行宫，等着周襄王的到来。

《左传》描写战争的篇章很多，这篇写的是一场规模较大的战争。文中所述各国之间的关系复杂，参加战争的人物众多，战争过程曲折。但是作者写起来却脉络清晰，层次分明。当时晋楚两国都已经是大国，又各有一些盟国参战，可以说是势均力敌。全篇分晋楚两条线索，相互对照，写出了双方的实际情况。晋国的指挥者晋文公，对这次战争采取了慎重的态度，他和群臣们反复深入地分析战争双方的形势，因势利导，在战争中始终处于主动地位。文章一开始从楚国围宋、宋向晋求援写起，这时候晋文公没有马上出兵救宋，而促使楚与齐、秦发生矛盾，使楚国树立更多的敌人。他还暗地里答应曹、卫恢复他们的国家，这样既安定了曹、卫的人心，救了宋国，又分化了曹、卫与楚国关系。晋国一方面分化敌对阵营，一方面扩大自己的统一战线，拉齐、秦两个大国参加自己的行列，同时在道义上力争主动。在楚军追来的时候,晋文公"退三舍辟之",来报答楚国当初的礼遇之恩,因为他知道"师直为壮",他要占住理。楚军再追击,就失去了道义,晋国就争取了更多的同情者。当两军在城濮摆好战场的时候,晋文公又做了战前的准备和部署,这样晋文公运用有理、有利、有节的策略,使他在这场战争中一举获胜。而楚国的主要指挥者成得臣与楚国的国君有矛盾,内部意见又不一致,他骄傲轻敌,专为个人名利打算,打仗只是为了堵住别人的嘴,一味进攻,又听不进劝告。在战斗中,他的兵力不足,又缺乏后援。这样,在城濮之战中晋胜楚败也就在意料之中了。本文这样井井有条地概括描写大场面的战争,我们可以看出作者卓越的写作才能和高超的艺术技巧。

烛之武退秦师^①

《左传》

　　晋侯、秦伯^②围郑，以其无礼于晋^③，且贰于楚^④也。晋军函陵，秦军氾南^⑤。

佚之狐⑥言于郑伯⑦曰："国危矣⑧！若使烛之武见秦君,师必退。"公⑨从之。辞⑩曰："臣之壮⑪也,犹不如人;今老矣,无能为也已⑫。"公曰："吾不能早用子⑬,今急而求子,是寡人之过也⑭。然郑亡,子亦有不利焉!"许之⑮。夜缒而出⑯,见秦伯,曰："秦、晋围郑,郑既⑰知亡矣。若亡郑而有益于君,敢以烦执事⑱。越国以鄙远⑲,君知其难也,焉用亡郑以陪邻⑳?邻之厚,君之薄也㉑。若舍郑㉒以为东道主㉓,行李㉔之往来,共其乏困㉕,君亦无所害。且君尝为晋君赐矣㉖,许君焦、瑕㉗,朝济而夕设版㉘焉,君之所知也。夫晋何厌之有?既东封郑㉙,又欲肆其西封㉚,若不阙秦㉛,将焉取之?阙秦以利晋,唯君图之㉜。"秦伯说㉝,与郑人盟㉞。使杞子、逢孙、杨孙戍之㉟,乃还。

子犯㊱请击之㊲,公㊳曰："不可。微夫人㊴之力不及此。因人之力而敝之㊵,不仁㊶;失其所与㊷,不知㊸;以乱易整㊹,不武㊺。吾其还也。"亦去之㊻。

 讲一讲

① 烛之武退秦师:烛之武,人名,郑国大夫。这篇写的是烛之武说服秦穆公退兵的故事。

② 晋侯、秦伯:晋侯是指晋文公,晋国封为侯爵。秦伯是指秦穆公,秦国封为伯爵。

③ 无礼于晋:晋文公重耳逃亡时,郑国对他不礼貌。这是秦晋两国围攻郑国的借口之一。

④ 贰于楚:郑国对晋国怀有二心,而同楚国亲近。指晋楚城濮之战时,郑国曾派军队支援楚国,准备对晋作战。这也是秦晋

两国围攻郑国的借口之一。

⑤ 军:驻扎。函陵:郑国地名,在今河南省新郑县以北。氾(fàn),河名,氾水。氾南,氾水以南,在今河南省中牟县以南。秦晋两国的军队把郑国的国都包围了。

⑥ 佚(yì)之狐:人名,郑国的大夫。

⑦ 郑伯:指郑文公,郑国封为伯爵。

⑧ 国危矣:国家很危险了。

⑨ 公:指郑文公。

⑩ 辞:推辞、辞谢。这里是烛之武推辞的话。

⑪ 壮:壮年,指年轻的时候。犹:尚且,还。

⑫ 无能为也已:不能做什么事情啦!已,同"矣"。

⑬ 吾:古语的"我"。早用子:及早地重用你。

⑭ 寡人:古代国君或皇帝的谦称。过:过错。

⑮ 许之:烛之武答应了郑文公的要求。

⑯ 缒(zhuì):用绳子系着身子从城墙上悬下去。

⑰ 既:已经。

⑱ 执事:供指使的人。这里是对秦穆公的尊称。敢以烦执事,哪敢拿灭郑的事来麻烦您呢!

⑲ 越国以鄙远:越过晋国拿郑国作为秦国的边远地区。秦国在晋国西边,郑国在晋国东边,所以说秦国要管辖郑国得越过晋国。

⑳ 陪邻:增加了邻国的邻土。陪:增加、增益。

㉑ 厚:多、增多;薄:少,减少。邻之厚,君之薄:邻国的土地扩大了,就是你们秦国的土地减少了。

㉒ 舍:放弃。

㉓ 东道主：郑国在秦国东边，所以称东道主。后世就把主人称东道，或东道主。

㉔ 行李：外交使者。

㉕ 共其乏困：供给他们缺少的物资。共，同"供"，供应，供给。乏困，缺少的物资。

㉖ 君尝为晋君所赐矣：君，指秦穆公。尝，曾经。晋君，指晋惠公。赐，赠送、恩惠。晋惠公逃亡时秦国曾帮助他回到晋国。

㉗ 许君焦、瑕：焦、瑕是晋国地名。秦国送晋惠公回国，惠公答应回去以后把包括焦、瑕在内的五个地方送给秦国作为酬谢。

㉘ 朝济而夕设版：早上渡河回去，晚上就修筑城墙准备和秦国对抗。济，渡河。设版，修筑守城的工事。以上三句是烛之武说明晋国不可靠。

㉙ 既东封郑：向东扩展自己的领土达到郑国之后。既，完了，结束。封，扩展领土。

㉚ 又欲肆其西封：又将向西大肆扩张。指侵占秦国的土地。

㉛ 阙秦：削减秦国的领土。阙：削减。

㉜ 图：打算，考虑。之：指烛之武说的围郑对秦国的利害关系。

㉝ 说（yuè）：同"悦"，高兴，喜欢。

㉞ 盟：结成友好国家。

㉟ 杞子、逢孙、杨孙：秦国的大夫。戍：守卫、防守。这里说秦国派兵帮助郑国防守。

㊱ 子犯：晋国大夫狐偃。

㊲ 击：追击。之：指秦国的军队。

㊳ 公：指晋文公重耳。

㊴ 微夫人：如果没有那个人。微：没有。夫人，那个人，指秦穆公。

㊵ 敝：损害。之：指秦穆公。这句是说，依靠人家的力量得到好处，反过来又去损害他。

㊶ 仁：古代指品德高尚的人。

㊷ 失其所与：失掉了与我们同盟的人。与：同盟者。

㊸ 知：同"智"，聪明的做法。

㊹ 以乱易整：用分裂代替联合。乱：分裂。易：改变，代替。整：联合。

㊺ 武：指战争。古代以能制止战乱为武。

㊻ 亦去之：也离开了郑国。去：离开。之：指郑国。

译过来

晋文公和秦穆公联合起来围攻郑国。理由是郑国曾经对晋文公没有礼貌，对晋国怀有二心而跟楚国友好。晋国的军队驻扎在郑国的函陵，秦国的军队驻扎在郑国氾水以南的地方。

郑国的大夫佚之狐对郑文公说："国家已经到危亡的时候了，如果您派烛之武去见秦国国君，秦国的军队必定会撤回去。"郑文公听了佚之狐的话，就去请烛之武。烛之武却推辞说："老臣我在壮年的时候，还比不上别人能干呢，现在老了，更不能做什么事情啦！"郑文公说："我没有及早地重用你，现在国家危急了才想起求助于你，这是我的过失。但是如果郑国灭亡了，对你也是很不利的呀！"烛之武答应了郑文公的要求，到了夜晚，用绳子绑着身子，顺着城墙下去，出城去见秦国的国君秦穆公。他对秦穆公说："秦晋两国围攻郑国，郑国已经知道自己很快就要灭亡了。但是假如郑国灭亡了对你们秦国有好处的话，那么就不敢拿亡郑这件事来烦扰您了。秦国和郑国之间隔着晋国，您要越过晋国来把郑国作为自己的边境，您知道管辖起来是很困难的。这样灭亡了郑国，实际上对您的邻国有好处，您的邻国晋国的领土增多了，就等于你们秦国的领土减少了。假如您放弃灭亡郑国的打算，而把郑国当作东道上的主人，派使节来往于秦郑之间，郑国还可以供给秦国缺少的物资，这样做对您有什么害处呢？当初您护送晋惠公回国，他答应回去以后把焦、瑕等五个地方送给您作为报答，可是他早上过了河，晚上就修筑守城工事，对抗秦国，晋国不讲信用的事您是知道的。再说，晋国哪有满足的时候呢？现在灭亡了郑国，扩展了东边的边界，势必还要向西扩展，那时候不要秦国的土地，他上哪儿去扩展呢？削减了秦国的土地，而扩大了晋国的疆界，请您还是好好考虑考虑吧！"烛之武一番话说得秦穆公点头称是，他高兴地跟郑国订立了盟约，派杞子、逢孙、杨孙等领兵帮助郑国守卫，自己回秦国去了。

晋国大夫狐偃知道了秦国撤兵的事，就请晋文公出兵追击秦国的军队。晋文公说："不行啊，如果没有秦穆公的帮助，我也不可能有今天的国君地位。靠了他的力量反而去伤害他，这是不仁义的；如果攻打他，就会失掉我们的同盟者，这是不明智的；要是打起来，以战乱代替了我们过去的联合，这是不讲武德。我们还是回去吧！"于是晋文公撤兵离开了郑国。

春秋时期,各国之间互相争霸,大国并吞小国。小国没有军事力量战胜大国,但是他们往往派一些能言善辩的使者,利用各敌对国之间的矛盾,晓以利害而使大国屈服。这篇写的就是秦晋两个大国围攻郑国的时候,郑国派出使者烛之武去说服秦国退兵的故事。烛之武见到秦穆公的时候,抓住秦晋两国的矛盾,指出亡郑对秦国不利,而只会有利于晋国,晋国一旦得势也同样会消灭秦国的道理。烛之武讲起来层层进逼,透彻精辟,说服力很强。首先烛之武从地理位置上讲灭郑对秦国不利,其次讲与郑友好对秦国有利,再次讲晋背信弃义,而且贪得无厌,将东边的疆土扩大到郑国后,就马上会再向西边扩展疆土,那时必然危及秦国。总之,烛之武在秦穆公面前,凭借他的机智和极为巧妙的言辞,抓住秦晋之间貌合神离的矛盾关系,处处在双方利害冲突上立论,反复申述自己的观点,讲得委婉透彻,终以唇枪舌剑折服了秦穆公,使秦穆公解除了秦晋联盟,最后挽救了郑国的危亡。这篇文章曲折微妙,语虽不多,但含义深刻。读后耐人寻味,发人深思,的确是一篇先秦散文佳作。

邵公谏厉王弭谤^①

《国语》

厉王虐^②，国人谤王。邵公告曰："民不堪命矣^③！"王怒，得卫巫^④，使监谤者^⑤，以告^⑥，则杀之。国人莫敢言，道路以目^⑦。王喜，告邵公曰："吾能弭谤矣，乃^⑧不敢言。"

邵公曰："是障之也^⑨。防民之口，甚于防川^⑩。川壅而溃^⑪，伤人必多，民亦如之^⑫。是故为川者决之使导^⑬。为民者宣之使言^⑭。故天子听政^⑮，使公卿至于列士献诗^⑯，瞽献曲^⑰，史献书^⑱，师箴^⑲，瞍赋^⑳，矇诵^㉑，百工谏^㉒，庶人传语^㉓，近臣尽规^㉔，亲戚补察^㉕，瞽、史教诲^㉖，耆、艾修之^㉗，而后王斟酌^㉘焉，是以事行而不悖^㉙。民之有口，犹土之有山川也^㉚，财用于是乎出；犹其原隰之有衍沃^㉛也，衣食于是乎生^㉜。口之宣言^㉝也，善败于是乎兴^㉞，行善而备败^㉟，其所以阜^㊱财用、衣食者也。夫民虑之于心而宣之于口^㊲，成而行之^㊳，胡可壅也？若壅其口，其与能几何^㊴？"

王不听^㊶。于是国莫敢出言，三年，乃流王于彘^㊷。

 讲一讲

① 邵公谏厉王弭谤：邵公，指邵穆公，名虎，西周时期的卿

士。厉王,周厉王,西周时最残暴的统治者。弭(mǐ),消除,停止。谤,公开指责别人的过失。这里讲的是邵穆公规劝周厉王要广开言路多听百姓意见的事。

②　虐(nüè):残暴。

③　民不堪命矣:人民忍受不了残暴的统治啦。堪,经得起,忍受。命,政令。矣,句尾语气词。

④　卫巫:卫国的神巫。古代把以装神弄鬼为职业的人称为巫师。统治者常利用他们来愚弄人民。

⑤　监谤者:监视百姓,看谁在议论、批评厉王的暴政。

⑥　以告:把监视的情况报告给厉王。

⑦　国人莫敢言,道路以目:百姓们在路上相遇的时候,互相不敢说话,只能用眼色示意。

⑧　乃:终于的意思。

⑨　是障之也:障,阻塞,遮挡,这里指用残暴的手段堵住人民的嘴。

⑩　防民之口,甚于防川:要堵住人民的嘴不让说话,比堵塞河流不让它畅流还要危险。川,河流,水道。防,防止,防备。甚,厉害,严重。

⑪　川壅(yōng)而溃:河流堵塞就要决口。壅,堵塞。溃,水冲破堤坝,指河水决口泛滥。

⑫　伤人必多,民亦如之:被伤害的人一定很多,禁止人们讲话也是这样。

⑬　为川者:治水的人。决:引水。导:疏导。

⑭　为民者:治理百姓的人。宣之使言:放开让他们说话。宣,放,开导。

⑮ 听政：听取意见，根据情况处理朝政。

⑯ 公卿至于列士：公、卿、列士等都是古代官职的名称，只是地位高低不同，指朝廷里大小官吏。献诗：古代公卿列士表达意见的一种方式。

⑰ 瞽（gǔ）献曲：瞽，瞎子，这里指乐官，因为盲人一般听力好，古代常让他们充当乐师。曲，指乐曲，乐官把民间的歌谣编成乐曲，演奏给国君听，让他了解人民的心声。

⑱ 史献书：史，指史官。书，古代的经典。史官把古代的经典书籍献给国君，让他了解古代政治成败的原因，用以借鉴。

⑲ 师箴（zhēn）：师，指乐师，比乐官低。箴，古代一种文字的体裁，用来规劝、劝诫的文章。乐师献上劝诫的文章，以使国君及时纠正错误。

⑳ 瞍（sǒu）赋：瞍，眼睛没有瞳人的盲人，看不见东西。赋，朗诵。由眼睛没有瞳人的人来朗诵公卿列士献的诗给国君听。

㉑ 矇（méng）诵：矇，眼睛有瞳人但是失明的人。诵，朗诵。由眼睛有瞳人但是看不见东西的人来朗诵史官和乐师献上的古书与规劝文章，供国君借鉴。

㉒ 百工谏：百工，各种工匠。让各行各业的工匠都向国君进谏。

㉓ 庶人传语：庶人，普通老百姓。老百姓不能直接向国君提出批评意见，但是他们的议论也要传到国君的耳朵里，这叫传语。

㉔ 近臣尽规：近臣，指国君身边臣子。尽规，尽可能地规劝。

㉕ 亲戚补察：亲戚，与国君有亲属关系的人，指父母兄弟。补察，帮助观察。国君让他的亲属帮助观察自己有什么过失，及

时指出来。

㉖ 瞽、史教诲：教诲，教育，训导。这句是说，让乐官、史官经常教导国君该做什么，不该做什么，什么做得对，什么做得不对。

㉗ 耆（qí）、艾修之：耆、艾，指上了年纪的人。古时称六十岁的人为耆，五十岁的人为艾。这里指国君的师傅和老臣。修，修饰，调理。这句是说，让那些德高望重的老人经常对国君提出告诫。

㉘ 斟酌：考虑要什么不要什么，应该怎么办，不该怎么办。

㉙ 不悖（bèi）：悖，违背，相冲突。不悖，不与情理违背，意思是合乎情理。

㉚ 民之有口，犹土之有山川也：老百姓有口，就像土地上有山川一样，不可改变。

㉛ 财用于是乎出：钱财和有用的东西是从这里产生出来的。

㉜ 原隰（xí）之有衍沃：形容土地的各种状态。原，高而平坦的土地。隰，潮湿低洼的土地。衍，低而平坦的土地。沃，有河流浇灌的土地。

㉝ 衣食于是乎生：人们吃的穿的都是从这里产生出来的。

㉞ 口之宣言：公开发表意见。

㉟ 善败于是乎兴：成功还是失败都能够从这里看出来，指听到百姓的议论就能知道国君在处理朝政中哪些是对的，哪些是错的。

㊱ 行善而备败：备，防备。实行正确的，防止失败的。

㊲ 所以：用来。阜：增多，生长。

㊳ 虑之于心而宣之于口：心里怎么想的就怎么说出来。

㊴ 成而行之：考虑成熟了就把它流露表达出来。

㊿ 其与能几何：这样做能有几个人赞成呢？与，赞成，帮助。几何，多少。

㊶ 王不听：厉王根本不听邵公的劝告。

㊷ 流王于彘（zhì）：彘，地名，在今山西省霍县。人民把厉王赶到彘这个地方去了。

西周的厉王非常残暴，老百姓都在谈论周厉王做的坏事。当时的卿士邵公告诉厉王说："人民已经不能再忍受下去啦。"厉王听了很生气，就派卫国的神巫去监视百姓，看谁在说厉王的坏话，回来报告厉王，就把被告发的人杀掉。结果老百姓谁也不敢随便说话了，就是在路上碰见，也不敢交谈，只有用眼睛表示不满的情绪。厉王很高兴，告诉邵公说："我能够制止百姓议论我的是非，现在他们都不敢说话了。"

邵公说："这不过是用残暴的手段堵住百姓的嘴罢了。要堵住百姓的嘴，不让他们说话，比堵住河道不让河水畅流还危险。河流堵塞了，就要决口泛滥，被伤害的人一定很多，禁止人们讲话也是这个道理。治理大水的方法是加以疏导，使水畅流。善于治理人民的人，应该让老百姓把他们的意见公开地说出来。过去天子就是多方听取意见，根据情况来处理朝政的。他让从公卿到列士献上反映人民意见的诗歌，让乐官献上反映人民心声的乐曲，让史官献上古代关于处理朝政可以借鉴的书籍，让乐师献上规劝并及时纠正错误的文章，让眼睛没有瞳孔的人朗诵公卿列士献的诗，让眼睛虽有瞳孔但是已经失明的人诵读史官献的书籍和乐师献的箴言,让工匠们直接提出批评,百姓的意见也要及时传达到天子耳边,天子身边的臣子都能尽力规劝,就是天子的亲属也观察并帮助他补过纠偏。乐官史官的教诲,元老重臣的劝诫,天子听了都认真考虑,然后决定怎么去做。这样天子做事就不会违背情理。人民有嘴,就像土地上有山河一样,是不可改变的,我们的钱财和有用的东西,都是从这里产生出来的。当然,土地有各种状态的,有高原,有洼地,有平坦的,有肥沃的,但是我们吃的穿的也是从这里产生出来的。人们有意见公开说出来,我们的成功或是失败,都能从人们的议论中看出苗头来。好的就坚决实行,错的加以防备,我们的衣食财物就能够增多起来。人们心里想什么,考虑成熟了,就让他们说出来,只能这样做,怎么可以堵住他们的嘴呢?如果堵住百姓的嘴,能有几个人赞成这样做呢?"

厉王根本不听邵公的劝告,于是老百姓没有敢说话的了。过了三年,人民终于起来反抗,把厉王赶走,流放到彘这个地方去了。

这篇讲的是西周的暴君周厉王,不听邵公的劝告,堵塞言路,监视、杀害敢于说真话的百姓,最后被人民推翻赶走的故事。作者通过简要的描述,从一个侧面揭露了厉王残害人民还自以为得计的丑恶面目,并用事实说明"民言不可壅"的道理,反映了人民敢于反抗无限度地压迫剥削他们的统治者,并把他推翻赶走的现实。当然,作者的重点是记述邵公规劝厉王听取人民呼

先秦历史散文

声的一大段谏词。这是《国语》主要的写作特点。这大段谏词采用了生动的比喻手法,写得结构严谨,有条有理,具有一定的说服力。邵公一开始用堵塞河道就会使河水泛滥,造成人民生命财产的巨大损失做比喻,说明"防民之口,甚于防川"的道理。这种比喻十分恰当贴切,道理也讲得十分透彻明了。这只是一个方面,接着作者又从正面讲天子听政广开言路的种种做法,处处都与厉王不让百姓说话的做法针锋相对,更加深了读者对厉王错误做法的认识。为了说明广开言路的好处,作者又用土地肥沃可以生产出衣食财富做比喻,进一步阐明自己的观点。从这简单的分析可以看出,这段谏词,语言生动,顺理成章,一气呵成。但是厉王听不进去。最后一句话写出厉王不听规劝的必然结果:不到三年就被人民赶走了。这里又以事实证明邵公讲的话都是句句在理的。

叔向贺贫^①

《国语》

　　叔向见韩宣子^②,宣子忧贫^③,叔向贺之,宣子曰:"吾有卿之名,而无其实^④,无以从二三子^⑤,吾是以忧^⑥,子贺我何故^⑦?"

对曰："昔栾武子无一卒之田⑧，其宫不备其宗器⑨，宣其德行⑩，顺其宪则，使越于诸侯⑪，诸侯亲之⑫，戎、狄怀之⑬，以正晋国⑭，行刑不疚⑮，以免于难⑯。及桓子骄泰奢侈⑰，贪欲无艺⑱，略则行志⑲，假货居贿⑳，宜及于难㉑，而赖武之德，以没其身㉒。及怀子㉓改桓之行，而修武之德㉔，可以免于难，而离桓之罪㉕，以亡于楚㉖。夫郤昭子㉗，其富半公室，其家半三军㉘，恃其富宠，以泰于国㉙，其身尸于朝㉚，其宗灭于绛㉛。不然，夫八郤、五大夫三卿㉜，其宠大矣，一朝而灭㉝，莫之哀也㉞，唯无德也㉟。今吾子㊱有栾武子之贫，吾以为能其德㊲矣，是以贺㊳。若不忧德之不建，而患货之不足㊴，将吊不暇㊵，何贺之有？"

宣子拜稽首㊶焉，曰："起也将亡㊷，赖子存之㊸，非起也㊹敢专承之㊺，其自桓叔以下㊻嘉吾子之赐㊼。"

① 叔向贺贫：叔向，晋国大夫羊舌肸（xī），叔向是他的字。本篇讲的是叔向向韩宣子祝贺贫穷的事。

② 韩宣子：晋国的卿，名起。

③ 忧贫：对自己的贫穷很忧愁。

④ 实：指财富。这句是说，我只有公卿的名义，而没有相应的财产。

⑤ 无以从二三子：古代公卿大夫都供养一些门客，为他们出谋划策。这里从二三子，就是指供养一些门客。从，跟随。

⑥ 是以：因此。这句是说，我就是因为这个才发愁的。

⑦ 子贺我何故：子，古代对人的尊称。你祝贺我是什么原

因呢?

⑧ 栾(luán)武子:春秋时晋国大夫,名书。一卒之田:一百人所拥有的田产。古代百人为一卒。

⑨ 其宫不备其宗器:宫,指住宅。备,具备,因为家庭贫穷而不备起祭器。

⑩ 宣其德行:宣,发扬。有很好的道德和品行。

⑪ 顺其宪则,使越于诸侯:宪则,指法规。越,传播,宣扬。(栾武子)能按照法规办事,他的名声在诸侯各国传开。

⑫ 亲之:亲近他(指栾武子)。

⑬ 戎、狄怀之:我国古代把西部少数民族称戎,把北部少数民族称狄。怀之,归顺他。

⑭ 以正晋国:使晋国出现安定局面。

⑮ 行刑不疚(jiù):能正确地执行法规,不出弊病。

⑯ 以免于难:因此避免了祸患。难,指灾祸。

⑰ 桓子:栾武子的儿子,名黡(yǎn)。骄泰,骄横放肆。

⑱ 无艺:无度,没有限制。艺,度,准则。

⑲ 略则行志:略,忽略,这里当放弃讲。则,法则。行志,行贪欲之志。这句是说,放弃了法规的约束而任意行事。

⑳ 假货居贿:假,借。货,物品,财货。居贿,囤积财物。这句是说,把财货借给人家而从中获利,大量囤积财物。

㉑ 宜及于难:应该遭受灾难。宜,应当。及,遭受。

㉒ 赖武之德:武,指栾武子。依仗着栾武子的德望。没(mò)其身:指躲过灾难。

㉓ 怀子:栾桓子的儿子栾盈。

㉔ 修武之德:继承栾武子的功德。

㉕ 离桓之罪：离，同"罹"（lí），受牵连。这句是说，怀子本来可以免除灾难，但因为他父亲桓子的罪恶，也没有幸免。

㉖ 以亡于楚：亡，逃亡。逃亡到楚国去了。

㉗ 郤（xì）昭子：晋国的公卿，名至。

㉘ 其富半公室，其家半三军：这里说郤昭子家很富有，说他家的财富可以抵得上半个晋国，他家的奴仆可以抵得上晋国军队的一半。这是夸张的说法。三军，泛指军队。当时的兵制，周王室六军，大诸侯国三军。

㉙ 恃其富宠，以泰于国：恃，依仗着。宠，荣耀。泰：过分。这句是说，因为郤昭子凭借其富有，所以在晋国非常奢侈。

㉚ 其身尸于朝：被处死后尸体陈放在大堂上。朝，官府的大堂。

㉛ 其宗灭于绛：绛，地名，在今山西省翼城县东南。郤昭子的亲族因受牵连在绛这个地方被杀。

㉜ 八郤、五大夫三卿：郤昭子的亲族八人，其中有五个大夫，三个卿。

㉝ 一朝而灭：一天就给杀掉了。

㉞ 莫之哀也：没有人为他们的死而哀伤。

㉟ 唯无德也：那只是因为他没有好的德行。

㊱ 吾子：对韩宣子的尊称。

㊲ 能其德：能行栾武子的良好品德。

㊳ 是以贺：所以才来祝贺你。

㊴ 若不忧德之不建，而患货之不足：若，第二人称代词，你。建，树立，建立。患，担心。你不忧愁自己在道德行为上没有建树，而担心财产的不足。

㊵ 将吊不暇：吊，忧患，怜悯。暇，空闲。这句是说，我怜悯你都没有时间。

㊶ 稽(qǐ)首：古代一种礼节，跪下磕头。

㊷ 起：韩宣子自称。将亡：快要死了。

㊸ 赖子存之：依仗着您才活下来。

㊹ 非起也：不光是我韩宣子。

㊺ 专承：独自承受。之，代词，指叔向对他的劝勉。

㊻ 桓叔：韩宣子的祖先，晋文侯的弟弟，封韩地，他的后代从韩姓。以下：指后代人。

㊼ 嘉：称赞。赐：恩惠。这两句是说，自桓叔以后的人都会牢牢记住您的恩惠的。

叔向见到韩宣子，韩宣子正为自己的贫穷而忧愁，叔向却向他表示祝贺。韩宣子说："我虽有公卿的虚名，却没有相应的财产，不能像其他卿大夫那样供养一些门客。我正为这事发愁呢，先生怎么还向我祝贺呢？"

叔向回答说："过去有个晋卿叫栾武子，家里没有多少田产，穷得连祭祀祖先的祭器也备不起。可是他却有很好的德行，能遵从法规办事，他的名声传遍了诸侯各国，诸侯都来亲近他，连西部、北部的少数民族也愿意归顺他，使当时的晋国出现了安定的局面。由于法规实行得好，没出什么弊病，所以他没有遇上什么灾祸。到栾武子的儿子栾桓子的时候，就变了，他骄横放肆，贪欲无度，不遵循法规的约束而任意行事，而且高利盘剥百姓，广泛搜刮钱财,结果他遇到了灾祸,只是依仗他父亲栾武子的德望才没有祸及其身。到了桓子的儿子栾怀子时,又完全改变了桓子的做法,重新继承和发扬了栾武子的功德。他本来是可以免除灾祸的,可是由于桓子的牵连,还是没有幸免,只好逃亡到楚国去了。再说郤家吧,郤昭子家的财富可以抵得上半个晋国,他家的奴仆也差不多抵得上晋国军队的一半。可是他仗着钱财和荣耀,在晋国横行霸道。结果他被处死以后,还陈尸在大堂上。连他的家族也受到了连累,被杀死在绛这个地方。难道不是吗?他的家族中有名的八郤,即五个大夫,三个公卿,当时是很荣耀的,一下子全被杀掉了,却没有人为他们的死而哀痛,那是因为他们虽然很富有但是缺少好的德行。现在先生有了栾武子的贫穷,我想你一定也能实行他的道德品行,所以才祝贺你。如果你不忧愁自己在道德上有没有建树,而总是想着自己财产的不足,我怜悯你都没有空闲,哪里还会祝贺你呢?”

韩宣子听了叔向这一番话,连忙跪拜在地,说:“我本来是快要死的人了,全仗着先生这番话才使我有勇气活下去。不光是我,我不敢一个人承受你的教诲,从我们的祖先桓叔以下的后辈人,都会永远感谢您对我们的恩惠。”

 帮你读

本篇写的是叔向对韩宣子祝贺贫穷的事。贫穷还要祝贺,听起来有些荒唐,可这正是本文立意新颖的地方,所以使人很想读下去,弄个明白。当然,作者的意图还是从统治阶级卿大夫家的长久之计出发考虑问题的。但是作者对“骄泰奢侈,贪欲无

艺"的行为提出了批评,这一点还是有一定的积极意义的。

为了说明贫穷可贺的道理,叔向一连举了好几个例子,说明钱财与道德的关系。栾武子很贫穷,但是"宣其德行",结果得到诸侯和少数民族的尊敬与爱戴,这里是讲"贫而有德"是可贺的。又举出郤至"恃其富宠,以泰于国",以致招来杀身之祸,甚至株连五大夫三卿,这都是因为"富而无德"之过。随后话又转到韩宣子身上,说他有了武子之贫,必然也会行武之德,所以才祝贺他。到这里才点题,回答了韩宣子问他为什么要祝贺他的话。读者的问题也迎刃而解了。但是这里叔向的意思并没有表达完,因为又加了一句:如果不担心自己没有建立很好的德行,而只是考虑自己财产的多少,那不但不值得祝贺,而且还是很可怜了。这一句加得妙,使他的意思表达得更完整。这种说理严谨,用词讲究的论述方法是值得我们学习的。当然,古代人把德看得很重,但是,那时说的德与我们现在说的道德品行是不完全一样的。

勾践灭吴①

《国语》

越王勾践栖于会稽之上②，乃号令于三军③曰："凡我父兄昆弟及国子姓④，有能助寡人谋而退吴者，吾与之共知越国之政⑤。"大夫种进对曰⑥："臣闻之，贾人，夏则资皮⑦，冬则资绨⑧，旱则资舟，水则资车⑨，以待乏也⑩。夫虽无四方之忧⑪，然谋臣与爪牙之士⑫，不可不养而择也⑬。譬如蓑笠⑭，时雨既至必求之⑮。今君王既栖于会稽之上，然后乃求谋臣，无乃后乎⑯？"勾践曰："苟得闻子⑰大夫之言，何后之有⑱？"执其手而与之谋⑲。

遂使之行成于吴⑳，曰："寡君勾践乏无所使㉑，使其下臣种㉒，不敢彻声闻于天王㉓，私于下执事㉔曰：'寡君之师徒不足以辱君矣㉕，愿以金玉、子女赂君之辱㉖，请勾践女女于王㉗，大夫女女于大夫，士女女于士。越国之宝器毕从㉘，寡君帅越国之众，以从君之师徒，唯君左右之㉙。'若以越国之罪为不可赦也㉚，将焚宗庙㉛，系妻孥㉜，沈㉝金玉于江，有带甲㉞五千人将以致死㉟，乃必有偶㊱。是以带甲万人事君也㊲，无乃即伤君王之所爱乎㊳？与其杀是人也，宁其得此国也，其孰利乎㊴？"

夫差将欲听㊵与之成，子胥谏曰㊶："不可！夫吴之与越也，仇雠敌战之国也㊷。三江环之㊸，民无所移㊹，有吴则无越，有越则无吴，将不可改于是矣㊺。员闻之㊻，陆人居陆，水人居水。夫上党之国㊼，我攻而胜之，吾不能居其地㊽，不能乘其车。夫越国，吾攻而胜之，吾能居其地，吾能乘其舟。此其利也，不可失也已㊾，君必灭之㊿。失此利也，虽悔之，必无及已(51)。”

越人饰美女八人(52)纳之太宰嚭(53)，曰：“子苟赦越国之罪，又有美于此者将进之(54)。”太宰嚭谏曰：“嚭闻古之伐国者，服之而已(55)。今已服矣，又何求焉(56)？”夫差与之成而去之(57)。

　　勾践说于国人曰："寡人不知其力之不足也㉞，而又与大国执仇㉟，以暴露百姓之骨于中原㊱，此则寡人之罪也。寡人请更㊲。"于是葬死者，问伤者，养生者，吊有忧，贺有喜㊳，送往者，迎来者㊴，去民之所恶，补民之不足㊵。然后卑事夫差㊶，宦士三百人于吴㊷，其身亲为夫差前马㊸。

　　勾践之地，南至于句无，北至于御儿，东至于鄞，西至于姑蔑㊹，广运百里㊺。乃致其父母昆弟而誓之㊻曰："寡人闻，古之贤君㊼，四方之民归之，若水之归下也㊽。今寡人不能，将帅二三子夫妇以蕃㊾。"令壮者无取㊿老妇，令老者无取壮妻。女子十七不嫁，其父母有罪；丈夫[51]二十不娶，其父母有罪。将免者[52]以告，公令医守之[53]。生丈夫，二壶酒，一犬；生女子，二壶酒，一豚[54]；生三人，公与之母[55]；生二人，公与之饩[56]。当室[57]者死，三年释其政[58]；支子[59]死，三月释其政，必哭泣葬埋之如其子[60]。令孤子、寡妇、疾疹、贫病者，纳宦其子[61]。其达士，洁其居，美其服，饱其食，而摩厉之于义[62]。四方之士来者，必庙礼之[63]。勾践载稻与脂[64]于舟以行，国之孺子之游者[65]，无不餔也，无不歠也[66]，必问其名[67]。非其身[68]之所种则不食，非其夫人之所织则不衣[69]，十年不收于国[70]，民俱有三年之食[71]。

讲一讲

　　① 勾（gōu）践灭吴：勾践，春秋时越国的国君。这里讲的是越国被吴王夫差打败以后，越王勾践发愤图强，依靠人民，发展生产，任用贤人，最后打败吴国的故事。

　　② 栖于会稽之上：栖，鸟在树上休息叫栖，这里指人在山上

先秦历史散文

休整。会稽,山名,在今浙江省绍兴市。春秋末期,吴越两国经常打仗,互有胜败。越王勾践被吴王夫差打败以后,率领残军五千人退到会稽山上。本篇从这里开始写起。

③ 乃号令于三军:乃,副词,于是。号令,传告。古代向众人发布命令都用传呼的方法,号就是呼,三军,军队的通称。这句是说,这才向他的军队发出号令。

④ 昆弟:昆就是兄,昆弟就是兄弟。国子姓,国同内姓的人,这里泛指老百姓。

⑤ 吾与之共知越国之政:我和他一同管理越国的政事。知,管理,主持。

⑥ 大夫种:越国的大夫文种,原来是楚国人,后来到了越国。进对曰:上前回答说。

⑦ 贾(gǔ)人,夏则资皮:商人在夏天的时候就准备好冬天的裘皮。贾人,商人。古代把做买卖的人统称商贾,运货贩卖叫商,囤积营利叫贾,所以有行商坐贾的说法。资,积蓄。皮,皮货,这里指冬天的用品。

⑧ 絺(chī):细葛布。这里指夏天的用品。

⑨ 旱:指走旱路。水:指走水路。

⑩ 以待乏也:待,防备。乏,缺少。早点准备好缺少的东西。

⑪ 四方之忧:四境受侵扰的忧患。

⑫ 然谋臣与爪牙之士:然,可是。谋臣:指帮助出谋划策的文臣。爪牙,指勇敢善战的武士。

⑬ 养而择也:培养并选择任用。

⑭ 譬如蓑(suō)笠:譬如,比如。蓑笠,用草或棕编制的雨具。蓑是雨衣,笠是雨帽。

⑮ 时雨既至必求之：到下雨的时候，一定要寻求它。

⑯ 无乃后乎：恐怕晚了吧？

⑰ 苟得：如果能。苟，如果、假如。子，尊称"您"。

⑱ 何后之有：有什么晚呢？

⑲ 与之谋：之，代词，指文种。谋，商量。这句是说，握着文种的手跟他一块商量事情。

⑳ 遂使之行成于吴：于是派文种作为使者到吴国求和。遂，于是。使，派遣。之，指文种。行成，求成，这里是求和的意思。古代打仗，失败的一方可以派使者向胜利的一方提出停战要求，叫行成，但要献出美女和珍宝作为代价。

㉑ 寡君：文种对自己国君勾践的谦称。乏无所使：缺少有才能的使者。

㉒ 下臣种：下等的臣子文种。这是文种对自己的谦卑的称呼。

㉓ 彻声闻于天王：彻，通达，贯通。天王，对吴王夫差的尊称。这句是说，不敢让天王夫差听到我的声音。意思是不敢直接跟夫差说话，只好让别人转达。

㉔ 私于下执事：私下对您手下的人说。私，私下。下执事，指夫差手下的人。

㉕ 师徒：指军队。这句是说，我们的军队不值得屈辱你再来攻打了。

㉖ 子女：美女。赂君之辱：送给您，以酬谢您屈辱地攻打我们越国。赂，赠送的意思。

㉗ 女女：前一个女指女儿，做名词；后一个女当嫁女讲，做动词。意思是让勾践的女儿去做夫差的婢妾。

㉘ 毕从：全部带来。

㉙ 唯君左右之：任凭您怎么处置都行。

㉚ 若以：如果认为。不可赦：不能赦免。指吴国不答应越国的求和要求。

㉛ 焚：烧毁。宗庙：祖庙。

㉜ 系妻孥（nú）：系，用绳子捆着。孥，孩，子女。用绳子捆上老婆孩子。

㉝ 沈（chén）：同"沉"，投入。

㉞ 带甲：指全副武装的士兵。

㉟ 将以致死：将去拼命。

㊱ 偶：双数，加倍的意思。这是说五千人拼命，等于增加了一倍人的力量。

㊲ 事君：事，侍奉，君，指夫差。侍奉您。实际说的是跟您拼命。

㊳ 无乃：恐怕。即伤：损伤。这句是文种用缓和的口气强调利害关系。意思是说，恐怕要损伤君王您所喜爱的东西吧？

㊴ "与其"三句：与其杀掉这些人，不如得到这个国家，究竟哪一个更有利呢？是人，这些人。孰。疑问代词，哪一个。

㊵ 将欲听：想要听从，指允许文种求和的要求。

㊶ 子胥：伍子胥，名员，他是吴王手下的大臣，主张拒绝越国求和。谏，规劝。

㊷ 仇雠（chóu）：雠，同"仇"，敌对的意思。敌战，互相攻战。

㊸ 三江环之：指吴越两国被三条江环绕着。

㊹ 民无所移：老百姓没有其他地方可去。移：移动。转移。

㊺ 将不可改于是矣：这是不可改变的事实。

㊻ 员闻之:我听说。员,伍子胥自称。

㊼ 上党之国:指陆多水少的诸侯国。上党,高处。

㊽ 吾不能居其地:吴越两国人民习惯于水上生活,如果攻打陆多水少的国家,即使胜利了,也不能去居住,因为生活不习惯。这是伍子胥的分析。

㊾ 此其利也,不可失也已:这是最好的机会不要失掉啊!

㊿ 灭之:灭掉越国。之,指越国。

51 "失此利也"三句:失掉这个机会,后悔也来不及啦!

52 饰:装饰。饰美女,就是打扮美女。

53 纳之太宰嚭(pǐ):纳,给,赠送。之,指美女。太宰,官职名,相当于宰相,嚭,吴国的太宰伯嚭,善于逢迎,受到吴王夫差的宠信。他收了文种的贿赂,与越国讲和。

54 又有美于此者:再有比这些女子更美的。进之:送给、进贡的意思。

55 伐:讨伐,攻打。服。降服。这句是说,古代打仗,要讨伐谁,只要他投降认输就行了。

56 又何求焉:还想得到什么呢? 焉,疑问语气词。

57 夫差与之成而去:吴王夫差与文种达成停战协议就离开越国回去了。

58 其力之不足:这句是勾践自我责备的话,意思是自己不自量力与夫差打仗,结果失败了。

59 执仇:结下仇恨。

60 中原:原野之中。不是现在所说的中原大地的中原。

61 请更:请求让我改正错误。

62 "于是葬死者"五句:从这句开始到"补民之不足",是勾践收拾战败后的残局,安抚百姓的具体做法。埋葬战死的人,慰问受伤的士兵百姓,给活着的人以生路,同情怜悯有忧愁的人,谁家有喜事就去恭贺祝福。

(63) 送往者,迎来者:指凡是到越国去的人都有专人迎送,礼貌待人,广结交好。

(64) 恶:罪恶,不良行为。足:充足。

(65) 卑事夫差:卑,卑贱,低下。事,侍奉。卑躬屈膝地去侍奉夫差。

(66) 宦士三百人于吴:派三百名士人到吴国去当差做事。

(67) 其身亲为夫差前马:勾践亲身去给夫差充当马前小卒。前马,就是在马前边开道的人。

(68) 句无、御儿、鄞、姑蔑:都是当时的地名,是越国四周边境的地方。

(69) 广运:广,横长,东西距离为广。运,南北长为运。广运就是面积。

(70) 致:引来,召集。誓之:发誓。

(71) 贤君:贤明的国君。

(72) 四方之民归之,若水之归下也:四面八方的百姓都归顺他,就像水流向低处一样,汇集起来。

(73) 帅:同"率",率领。二三子:你们。蕃:繁殖、孳生,这里指增加人口,多生小孩儿。

(74) 取:同"娶"。

(75) 丈夫:这里指男孩子。

(76) 将免者:免同"娩",生小孩。快要生孩子的人。

(77) 公令医守之:国家派医生守护、照料她。

⑱ 豚(tún)：小猪。生男孩奖励两壶酒，一只狗(当时吃狗肉)。生女孩奖励两壶酒，一只小猪。

⑲ 公与之母：国家给派乳母。

⑳ 饩(xì)：送给人的谷物或饲料。这里做供养讲。

㉑ 当室：嫡生的儿子。封建社会中正妻生的儿子叫嫡子。

㉒ 释其政：免除徭役，封建社会中人民无偿给统治阶级干活叫徭役。

㉓ 支子：旁生的儿子，就是妾生的儿子，也叫庶子。

㉔ 如其子：像对待自己的嫡子一样。

㉕ 纳宦其子：把孩子交给官府供养。指那些因为贫病等不能养育孩子的人家。

㉖ 达士：有特长的人。摩厉：激励。这句是说，那些有特长的知名人士，给他们住干净整洁的房子，穿漂亮的衣服，给他们充足的粮食，并且用节义来激励他们为国出力。

㉗ 庙礼之：在宗庙里接待。这是当时一种隆重的礼节。

㉘ 秭与脂：粮食与食油。

㉙ 孺子之游者：流浪的年轻人。

㉚ 餔(bū)：给食物吃。歠(chuò)：给水喝。

㉛ 必问其名：一定询问他们的姓名(准备给以提拔)。

㉜ 其身：指勾践本人。

㉝ 衣：动词，当穿讲。

㉞ 不收于国：国家不向人民征收赋税。

㉟ 民俱有三年之食：百姓都存了够三年用的粮食。

国之父兄请曰："昔者夫差耻吾君于诸侯之国①，今越国亦节矣②，请报之③。"勾践辞曰："昔者之战也，非二三子之罪也，寡人之罪也。如寡人者，安与知耻？请姑无庸战④！"父兄又请曰："越四封之内⑤，亲吾君也，犹父母也⑥。子而思报父母之仇，臣而思报君之仇，其有敢不尽力者乎？请复战。"勾践既许之，乃致其众而誓之曰："寡人闻古之贤君，不患其众之不足也，而患其志行之少耻也⑦。今夫差衣水犀之甲者亿有三千⑧，不患其志行之少耻也，而患其众之足也。今寡人将助天灭之。吾不欲匹夫之勇也⑨，欲其旅进旅退⑩。进则思赏，退则思刑⑪，如此则有常赏⑫。进不用命，退则无耻⑬，如此则有常刑⑭。"

　　果行⑮，国人皆劝⑯，父勉其子，兄勉其弟，妇勉其夫，曰："孰是君也，而可无死乎⑰？"是故败吴于囿，又败之于没，又郊败之⑱。

　　夫差行成，曰："寡人之师徒，不足以辱君矣。请以金玉、子女赂君之辱。"勾践对曰："昔天以越予吴⑲，而吴不受命；今天以吴予越，越可以无听天之命，而听君之令乎？吾请达王甬、句东⑳，吾与君为二君㉑乎！"夫差对曰："寡人礼先壹饭㉒矣，君若不忘周室㉓，而为弊邑宸宇㉔，亦寡人之愿也。君若曰：'吾将残汝社稷㉕，灭汝宗庙。'寡人请死㉖，余何面目以视于天下乎㉗？越君其次也㉘。"遂灭吴。

讲一讲

　　①"昔者"一句：意思是说，过去吴王夫差在诸侯各国都知道的情况下，侮辱我们的国君。

　　②节：有节度。这里指国家已经恢复了元气。

　　③请报之：请求报吴国打败越国之仇。

④ 姑无庸战:还是暂时不用打仗吧！姑,暂且。庸,用。

⑤ 四封之内:四境之内,指整个国家。封,边界。

⑥ 亲吾君也,犹父母也:喜欢自己的国君,就像喜欢自己的父母。

⑦ 患:忧患,担心的事。众之不足:人员缺少。志行:志向行为。少耻:缺少耻辱的观念。

⑧ 衣水犀之甲:水犀是一种动物,皮很坚韧,可以做铠甲,指军队。亿有三千:十万三千人。

⑨ 匹夫之勇:匹夫,指无学识、无智谋的人。这里说的是那些不遵守纪律的勇士。

⑩ 旅进旅退:旅,共同,有纪律地进退,要步伐一致。

⑪ 进则思赏:前进要想到自己会受奖赏。退则思刑:后退要想到自己会受到刑罚。

⑫ 常赏:一定奖赏。

⑬ 进不用命:不听从命令乱前进。退则无耻:后退还不认为是可耻的。

⑭ 常刑:一定用刑。

⑮ 果行:坚决果断地这样做。

⑯ 劝:勉励。

⑰ 孰是吾君也,而可无死乎:谁能比得上我们的国君这样好啊,谁还能不拼死为他打仗呢?

⑱ 圉(yòu)、没:都是吴国的地名。郊:吴国国都的近郊。是吴国连连被打败的地方。

⑲ 昔天以越予吴:过去老天把越国给吴国。这里把战争的胜败说成天意,认为是老天安排的。予:给予。

⑳ 吾请达王甬（yǒng）句东：达，遣送。王，指夫差。甬、句，都是地名。

㉑ 吾与君为二君：我和您仍然是两国的国君。

㉒ 礼先壹饭：意思是先前施过恩惠。指当初夫差答应了文种的求和，没有把越国灭掉。

㉓ 不忘周室：吴国和周朝是同姓，所以夫差这么说。意思是看在周王朝的分上。

㉔ 敝邑宸宇：宸宇，屋檐底下。这句是说，给吴国留下屋檐底下那么一块地方。请求不要把吴国灭掉。

㉕ 残：损毁。汝：你。社稷（jì）：社，土神。稷，谷神。古代君王都祭社稷，故以社稷代表国家。

㉖ 请死：请让我去死。

㉗ 余何面目以视于天下乎：我还有什么脸面来面对天下的人呢？

㉘ 越君其次也：古代行军，住一夜为舍，两夜叫信，超过两夜叫次。这句意思是说，让越国的国君长久地住下去吧！

 译过来

越王勾践被吴王困在会稽山上，于是向他的军队发出号令："凡是我们越国的父老兄弟及老百姓，不管是谁，能帮助我出主意，让吴国的军队撤退的，我就请他跟我一块来管理越国的朝政大事。"大夫文种上前回答说："我听说商人在夏天的时候，就准备好冬天的裘皮，冬天要准备夏天用的细葛布，走在陆地上就准备好船，走在水路上要准备好车，这都是防备到用的时候没有

的。国家在没有受到侵扰的时候,对那些能出谋划策的文臣和勇敢善战的武士,都不能不培养并且选择录用。就像蓑笠,雨季来到了,一定会寻求它。现在国君已经被困在会稽山上,这才想起找帮助出主意的谋士,这不是已经晚了吗?"勾践说:"如果我能听到你说的计谋,怎么会是晚了呢?"说着握着文种的手,跟他商量起来。

随后,勾践派文种到吴国去求和。文种说:"我们的国君勾践,实在找不出好的使者,只好派我这个下等的臣子来。我不敢让夫差大王您听到我的声音,只好私下里找您手下的人,向您转告:'我们国君的军队不值得劳您屈辱地再去攻打了,我们愿意拿金玉、美女送给您,以酬谢您屈辱地攻打过我们的辛苦,还愿意把勾践的女儿,嫁给您做婢妾,我们大夫的女儿嫁给你们吴国的大夫,我们士人的女儿嫁给你们吴国的士人,越国的宝器也全都带给您,我们的国君也将率领越国所有的人,跟随您的军队,任凭您怎么处置都行。'如果您认为越国的罪过不能宽恕,不答应我们求和的要求,我们将烧毁宗庙,把妻子儿女捆上,连同金玉财宝一块,扔到江里去,而我们那穿铠甲的五千名军人将会以死相拼,那么他们的实力将增加一倍,那就不是五千人而是一万人跟您周旋了,这不就将损毁大王您所珍爱的东西了吗?是杀掉这些人还是轻而易举地得到这个国家,哪个对您更有好处呢?"

吴王夫差正准备答应文种的要求,与越国讲和。可是大夫伍子胥听了,却劝夫差说:"吴国和越国是两个互相敌对、互相攻打的国家。这两个国家被三条江环绕着,老百姓没有其他地方可去。有吴国就没有越国,有越国就没有吴国,两国不能并存,这是不可改变的事实。我听说在陆上生活的人习惯于陆上生活，在水上生活的人习惯于水上生活。如果我们攻打陆多水少的国家，那我们就是胜了，也不能去居住，因为我们不习惯乘他们的车。而越国就不同了，我们能够在那里生活，能乘他们的船。这回是一次很好的机会，您千万不能放过，一定要灭掉越国。要是错过了这次机会，就是后悔也来不及啦！"

越国人选了八名美女，给她们打扮一番，送给吴国的太宰伯嚭，并对他说："您暂且宽恕了越国的罪过吧，再有比这些美女更好的还会送给您。"太宰伯嚭接受了越国的贿赂，就对吴王夫差说："我听说古代打仗，只要对方降服了也就算了，现在越国已经投降认输，我们还要怎么样呢？"夫差听了，就跟越国达成了讲和协议，并离开越国回去了。

勾践对越国的百姓说："我真是有点不自量力，跟吴国这样的大国结下了怨仇，以致于经常打仗，使百姓的尸骨都暴露在原野里。这是我的罪过，我请求改正我的过错。"于是勾践在国内开始安抚百姓，安葬在战争中死去的人，慰问为国受伤的人，供养生活无着的人，同情由于打仗带来不幸的人，祝福那些有喜事的人。很有礼节地送往迎来。去掉百姓中那些不良行为，补充百姓所缺乏的物资。勾践还派了三百人到吴国去做奴仆为吴国服役，甚至他自己亲身去为夫差牵马当马夫。

勾践的地盘，南到句无，北到御儿，东到鄞，西到姑蔑，方圆不过一百里。勾践把全国父老兄弟召集起来，发誓说："我听说古代贤德的君主，四方的百姓都愿意跟随他，就像水往低处汇集一样。现在我没有这样的本事，可是我要带领你们夫妻自己生养，增殖人口。"于是发出命令：壮年的男子不准娶年老的妇人做妻子，老年的男人也不许娶年轻的媳妇。女孩子十七岁不出嫁，她的父母要被治罪，男孩子二十岁不娶亲，他的父母要受惩罚。快生小孩子的妇女报告了，国家将派医生守护在产妇身边，给予照料。生了男孩子，要奖给两壶酒、一只狗；生了女孩子，奖给两壶酒、一头小猪。生三个孩子的，国家要派乳母喂养；生两个儿子的，国家就给养起来。嫡生的儿子死了，可以免除三年的徭役；庶生的儿子死了，免除三个月的徭役，但是哀痛丧葬要跟嫡生儿子一样。对那些孤儿寡妇、贫穷多病的人家里的孩子，要送到官府，国家负责供养、教育。对于那些有特长的人，给他们住干净整洁的房子，穿漂亮的衣服，提供充足的粮食，并且用节义等来激励他们为国出力。如果四方的志士来到越国，必定以最隆重的庙礼来接待。勾践还坐着船，载着粮食和油顺着江河巡视，见到流浪年轻人都要给他们食物吃，给他们水喝，还要问他们的姓名，勾践自己呢？不是自己亲手种的粮食不吃，不是他妻子织的布做的衣服不穿。就这样，十年中没有向百姓征收赋税，人民都储存了够吃三年的粮食。

越国的父老请求勾践说："从前夫差让您在各诸侯国中丢了丑，羞辱了您。现在我们国家强盛起来，是报仇的时候了！"勾践说："过去打的仗，不是老百姓的责任，是我的罪过。像我这样的人，还怎么谈得上知道耻辱？还是不要去打仗吧！"老百姓又请求说："我们越国上下，都把我们的国君当成父母一样，儿子想着为父母报仇，臣子想着为国君报仇，到时候不会有不尽力的人，请您还是下命令打吧！"勾践答应了，把大家召集起来，发誓说："我听说古代贤明的国君，他并不害怕自己兵力的不足，而是担心他的士兵缺乏耻辱的观念。现在夫差有十万三千穿着水犀皮制铠甲的士兵,他不担心他们缺少耻辱之心,而是害怕他的兵力还不够充足。今天我将要帮助老天来消灭夫差!我不喜欢那些不守纪律光知道冲杀的士兵,而是要你们听从命令,进退一致。前进的时候要想到会得到奖赏,后退就要想到会遭到惩罚,这样,就一定能得到奖赏。要是前进的时候不听从命令,后退也不知道这是耻辱,这样,就一定会遭到惩罚。"

这样果断实行的结果,百姓们都互相勉励,父亲勉励儿子,哥哥勉励弟弟,妻子勉励丈夫,都说:"谁有我们这么好的国君呀,还能不为他拼死打仗吗?"越国的军队先在囿这个地方打败了吴国的军队,又在没这个地方打败了他们,一直打到吴国国都的近郊。

吴王夫差见大势已去,也来向越国求和说:"我们的军队不值得劳您屈辱地攻打了,我愿意拿金玉、美女送给您,以酬谢您屈辱地攻打我们的辛苦。"勾践回答说:"过去老天把越国送给吴国,可吴国不接受天意。现在老天又把吴国送给越国,难道我们越国可以不接受天意而听从你的命令吗?我还是把您送到甬、句东这些地方去吧,这样你和我还是两国的国君啊!"夫差回答说:"我先前曾有礼节地对待过您,给您生路,这回你也给我一条生路吧!如果您没忘记我是周朝的同姓人而能给我留下哪怕屋檐底下那么大一块地方,我也就心满意足了。如果你说:'我要毁掉你的社稷,烧掉你的宗庙。'那我宁愿死掉,我还有什么脸活在这个世上面对天下人呢!就请越国的国君在这里长久地居住下去吧!"没过多久,越国就把吴国灭掉了。

这篇是写越国被吴国打败以后,越王勾践十年生聚,十年教训,最后把吴国灭掉的故事。全篇集中地描写了越王勾践招用贤才、依靠百姓、争取时间、发愤图强、励精图治的具体做法。特别是作者着力歌颂了越国人民在失败以后不气馁,积极要求复仇雪耻的精神,是很可贵的。而越王勾践在困难的情况下,能够以身作则,带头参加生产劳动,"非其身之所种不食,非其夫人之所织不衣"的精神,赢得了百姓的信任和支持,这是越国能够强盛起来的根本。

本文涉及的人物较多,但每个人物的语言都各具特色,都符合每个人的身份、性格和处境,这是作者的高明之处。如勾践的话处处都是失败后的自责,表现了他沉痛的心情,而文种对勾践、对夫差、对伯嚭的说辞又各不相同。

本篇文字较长,但故事曲折有趣,读起来很有兴味。比如,文种到吴国求和,本来夫差答应了,半路却杀出个伍子胥来,一番话说得夫差改变了主意。文种又去贿赂伯嚭,而伯嚭一番话,夫差又答应了吴国的求和。后来越国打败了吴国,夫差向越王勾践求和所说的话,与文种说的话几乎一模一样,很有戏剧性,读到这里不禁使人哑然失笑。

邹忌讽齐王纳谏①

《战国策》

邹忌修八尺有余②,形貌昳丽③。朝服衣冠④,窥镜⑤,谓其妻曰⑥:"我孰与城北徐公美⑦?"其妻曰:"君美甚⑧,徐公何能及⑨公也。"城北徐公,齐国之美丽者也。忌不自信⑩,而复问其妾⑪曰:"吾孰与徐公美?"妾曰:"徐公何能及君也!"旦日⑫,客从外来,与坐谈⑬,问之客曰:"吾与徐公孰美?"客曰:"徐公不若君之美⑭也!"明日⑮,徐公来。孰视之⑯,自以为不如;窥镜而自视,又弗如远甚⑰。暮,寝而思之⑱,曰:"吾妻之美我者,私我⑲也;妾之美我者,畏我⑳也;客之美我者,欲有求于我也。"

于是入朝见威王曰:"臣诚知㉑不如徐公美,臣之妻私臣,臣之妾畏臣,臣之客欲有求于臣,皆以美于徐公㉒。今齐地方千里,百二十城,宫妇左右㉓,莫不私王㉔;朝廷之臣,莫不畏王;四境之内㉕,莫不有求于王。由此观之㉖,王之蔽甚矣㉗!"

王曰:"善㉘!"乃下令:"群臣吏民㉙,能面刺寡人之过者㉚,受上赏;上书谏寡人者,受中赏;能谤议于市朝㉛,闻寡人之耳㉜者,受下赏。"

令初下,群臣进谏,门庭若市㉝。数月之后,时时而间进㉞。期年㉟之后,虽欲言,无可进者㊱。燕、赵、韩、魏闻之,皆朝于齐⑰。此所谓战胜于朝廷⑱。

 讲一讲

① 邹忌讽齐王纳谏：邹忌，齐国的大臣。讽，用含蓄的语言暗示或劝告。齐王，指齐威王。谏，古代臣子对国君进行批评、劝阻叫谏。这篇讲的是齐国大臣邹忌用比喻规劝齐威王接受臣子百姓批评建议的事。

② 修八尺有余：身高八尺多。修，身长，指身高。古代的尺比现在的短，一尺约合现在的七寸多。

③ 形貌昳（yì）丽：昳同"逸"，昳丽，漂亮，好看。这句说，邹忌生得容貌俊美，很漂亮。

④ 朝服衣冠：清早穿衣服戴帽子。朝，早晨。服，动词，穿戴。冠，帽子。

⑤ 窥镜：照镜子。窥，这里当对着镜子端详自己的相貌讲。

⑥ 谓其妻曰：对他的妻子说。

⑦ 孰：谁。这句是说，我和城北的徐公比，谁长得美？

⑧ 美甚：漂亮极了。甚，厉害。

⑨ 何能及：怎么能比得上？

⑩ 忌不自信：邹忌自己不相信。这句是说，邹忌不相信自己比徐公漂亮。

⑪ 复问其妾：又问他的妾。复，又。妾，旧社会男子在妻子以外另娶的女人叫妾。

⑫ 旦日：白天，天亮以后。

⑬ 与坐谈：一同坐着谈话。

先秦历史散文

⑭ 徐公不若君之美：徐公不如您长得美。若，如。君，对人的尊称。

⑮ 明日：即第二天。

⑯ 孰视之：孰，同"熟"，仔细地看他（指徐公）。

⑰ 又弗如远甚：又比他差得很多。

⑱ 暮寝而思之：晚上躺在床上想着这件事。

⑲ 私我：偏爱我。

⑳ 畏我：害怕我。

㉑ 诚知：的确知道。

㉒ 皆以美于徐公：都认为我比徐公漂亮。

㉓ 宫妇左右：指宫中的妇女和侍从。

㉔ 莫不私王：没有不偏爱大王的。

㉕ 四境之内：举国上下。境，边境。

㉖ 由此观之：这样看来。

㉗ 王之蔽甚矣：蔽，被蒙蔽。这句是说，大王您受的蒙蔽太深了啊！

㉘ 善：很好。

㉙ 臣吏民：指大臣、官吏和平民百姓。

㉚ 能面刺寡人之过者：面刺，当面批评。这句是说，能当面指出我的过错的人。寡人，古代帝王的谦辞，齐威王自称。

㉛ 能谤议于市朝：谤，公开地指责。议，议论，评论。市，指市场，公共场所。朝，朝廷。这句是说，能在公开的地方议论、指责我的过失的人。

㉜ 闻寡人之耳：让我亲耳听到。

㉝ 门庭若市：门前像市场一样热闹。形容来进谏的人很多。

㉞ 时时而间进：经常有人断断续续来提建议。时时，经常。间，间断，不连接。进，进谏，提意见。

㉟ 期（jī）年：满一年。

㊱ 虽欲言，无可进者：虽然想提意见，但是没什么可说的了。

㊲ 朝于齐：对齐国表示敬意，来朝拜齐国。

㊳ 战胜于朝廷：在朝廷上对别国取得胜利。意思是说，齐国圣明，不用武力就能使别国臣服自己。

译过来

  邹忌身高八尺多，长得容貌俊美，非常漂亮。一天早上，他在穿衣服、戴帽子的时候，从镜子里看到了自己。就对他的妻子说："我跟城北的徐公比，谁长得漂亮呢？"他的妻子说："当然是您更漂亮了，徐公怎么能比得上您呢！"城北的徐公是齐国有名的美男子，邹忌不大相信自己会比徐公还漂亮，就又问他的妾："我与徐公谁长得漂亮啊？"他的妾回答说："徐公怎么能比得上您漂亮呢？"白天，来了客人，邹忌与客人坐着谈话，就问客人说："我跟徐公比，谁更漂亮呢？"客人回答说："徐公不如您长得漂亮。"第二天，徐公来了，邹忌仔细地看了看徐公，认为自己不如徐公漂亮。再对着镜子照照，更觉得比徐公差得多。晚上躺在床上，邹忌琢磨着这件事，心想："我妻子说我长得漂亮，那是因为她偏爱我；我的妾说我长得漂亮，那是因为她害怕我；我的客人说我长得漂亮，那是因为他有事要求我啊！"

  于是邹忌上朝，见到齐威王对他说："我确实知道自己不如徐公长得漂亮，但是由于我的妻子偏爱我，我的妾害怕我，我的客人有求于我,所以他们都说我比徐公长得漂亮。现在齐国的地方很大,纵横千里,有一百二十座城池,王宫里的妇人侍从,没有不偏爱您的;朝廷里的文武百官,没有不惧怕您的;举国上下,没有不有求于您的。这样看来,您受的蒙蔽是非常厉害的。"

齐威王听了说:"你说得太好啦!"于是齐威王就下了一道命令:"朝廷群臣、地方官吏以及平民百姓,谁能当面指出我做得不对的,我就给他上等的奖赏;谁能上书批评劝导我的,我就给他中等的奖赏;谁能在大庭广众之中议论我的过失而传到我的耳朵里的,我就给他下等的奖赏。"这个命令刚一发出,很多大臣都来给齐威王提意见,王宫门前像集市一样热闹起来。几个月以后,还断断续续地有人来提意见。一年以后,虽然大家还想提,可是已经没有什么可提的了。燕国、赵国、韩国、魏国这四个国家听到这种情况,很佩服齐威王,都来朝拜他。这就是人们说的,不用一兵一卒,坐在朝廷里就把别的国家征服了。

这篇写邹忌用自己与徐公比美这样的生活琐事做例子,启发、劝说齐威王要广泛听取意见。作者用具体事实说明了一个道理,即国君如果能虚心听取反面意见,并及时改正自己的过失和错误,就能坐在朝廷里,不动用武力而战胜别的国家,这就是文末十分干脆有力的一句结语:"战胜于朝廷。"古代君王都是自命不凡的,能够听取臣民的意见,特别是很尖锐的反对意见,这是很难得的。因此要说服国君,就必须采用极为巧妙的方法和委婉的言辞,本文正是这样叙述的。邹忌要讲的是朝政大事,但是却从生活的细枝末节入手,读起来生动有趣,入情入理,很有生活气息。

　　本文可贵之处是作者用笔不多,通过生活细节的描写,如穿衣服、照镜子、问妻、问妾、问客、观察徐公等,活灵活现地刻画出邹忌这个政治家的鲜明形象。他在一片赞扬声中显得十分冷静,实事求是,并能认真分析,善于思考,以小见大。读过文章之后,邹忌这个人物给我们留下了深刻的印象。

先秦历史散文

冯谖客孟尝君^①

《战国策》

　　齐人有冯谖者,贫乏不能自存^②,使人属^③孟尝君,愿寄食门下^④。孟尝君曰:"客何好^⑤?"曰:"客无好也。"曰:"客何能^⑥?"曰:"客无能也。"孟尝君笑而受之曰:"诺^⑦。"左右以君贱之也^⑧,食以草具^⑨。

居有顷⑩，倚柱⑪弹其剑，歌曰："长铗⑫归来乎！食无鱼⑬。"左右以告⑭。孟尝君曰："食之⑮，比门下之客⑯。"居有顷，复弹其铗，歌曰："长铗归来乎！出无车⑰。"左右皆笑之，以告。孟尝君曰："为之驾⑱，比门下之车客⑲。"于是乘其车，揭其剑⑳，过其友㉑曰："孟尝君客我㉒。"后有顷，复弹其剑铗，歌曰："长铗归来乎！无以为家㉓。"左右皆恶之㉔，以为贪而不知足。孟尝君问："冯公有亲乎？"对曰："有老母。"孟尝君使人给其食用㉕，无使乏㉖。于是冯谖不复歌。

后孟尝君出记㉗，问门下诸客："谁习计会㉘，能为文收责于薛者乎㉙？"冯谖署㉚曰："能。"孟尝君怪之㉛，曰："此谁也？"左右曰："乃歌㉜夫'长铗归来'者也。"孟尝君笑曰："客果有能也，吾负之㉝，未尝见也。"请而见之，谢㉞曰："文倦于事㉟，愦于忧㊱，而性懧愚㊲，沉㊳于国家之事，开罪㊴于先生。先生不羞㊵，乃有意欲为收责于薛乎？"冯谖曰："愿之。"于是约车治装㊶，载券契㊷而行，辞曰："责毕收，以何市而反㊸？"孟尝君曰："视吾家所寡有者㊹。"

驱而之薛㊺，使吏召诸民当偿者㊻，悉来合券㊼。券徧合㊽，起㊾矫命以责赐诸民，因烧其券，民称万岁。

长驱到齐㊿，晨而求见。孟尝君怪其疾[51]也，衣冠[52]而见之，曰："责毕收乎？来何疾也[53]！"曰："收毕矣！""以何市而反？"冯谖曰："君云'视吾家所寡有者'。臣窃计[54]，君宫中积珍宝，狗马实外厩[55]，美人充下陈[56]。君家所寡有者以义耳！窃以为君市义[57]。"孟尝君曰："市义奈何[58]？"曰："今君有区区[59]之薛，不拊爱子其民[60]，因而贾利之[61]。臣窃矫君命，以责赐诸民，因烧其券，民称万岁。乃臣所以为君市义也。"孟尝君不说[62]，曰："诺，先生休矣[63]！"

① 冯谖客孟尝君：冯谖（xuān），也写作煖，齐国人，是孟尝君的门客。孟尝君，齐国贵族，名叫田文，孟尝君是他的封号，他的封地在薛，即今山东滕县一带。古代贵族之家，供养一些有才智的门客，为他们出谋划策办事情，也叫食客。本文讲的就是孟尝君的门客冯谖为孟尝君出主意，以巩固其地位的故事。

② 贫乏不能自存：贫穷得不能独立生活。乏，缺少。存，生存。

③ 属（zhǔ）：同"嘱"，嘱托，这里是转告的意思。

④ 寄食门下：在门下做个食客。

⑤ 何好（hào）：什么爱好。

⑥ 能：才能，特长。因为作为门下食客，要帮助主人做事，不能白吃饭，所以孟尝君问他有什么爱好和才能。

⑦ 受之：接受了他做食客。之，指冯谖。诺，好吧。

⑧ 左右：指在孟尝君身边办事的人。以君贱之：以为孟尝君看不起他（指冯谖）。

⑨ 食（sì）以草具：给冯谖吃粗劣的食物。食，同"饲"，给人饭吃。草具：粗食。

⑩ 居有顷：住了不久。有顷，不长时间。

⑪ 倚柱：靠着柱子。

⑫ 铗（jiá）：剑把，这里指剑。

⑬ 食无鱼：没有鱼吃。孟尝君的门客分三等，上等的出门有车坐，中等的有鱼肉吃，下等的吃粗饭菜。冯谖叫没有鱼吃，是

要提高自己的地位。

⑭ 左右以告：手下人把这事告诉了孟尝君。

⑮ 食之：给他鱼吃。之，指鱼。

⑯ 比门下之客：跟吃鱼肉的门下食客一样对待他。

⑰ 出无车：出门没有车坐。

⑱ 为之驾：为他准备马车。驾，指马车。

⑲ 车客：有车坐的门客。

⑳ 揭其剑：举着他的长剑。揭：高举。

㉑ 过其友：拜访他的朋友。

㉒ 客我：把我当上等的门客看待。

㉓ 无以为家：没有办法养活家里人。

㉔ 恶之：讨厌他（指冯谖）。恶（wù）：厌恶。

㉕ 给其食用：给她（指冯谖老母）吃的和用的。给：供给。

㉖ 无使乏：别让她缺少什么。乏：缺少。

㉗ 出记：拿出账簿。记，指记事的账本之类。

㉘ 谁习计会：习，熟悉，懂得。计会，指会（kuài）计。这句是说，谁熟悉会计这个业务。

㉙ 为文收责于薛：为我到薛这个地方去收债。文，孟尝君自称。责，同"债"。

㉚ 署：签名。

㉛ 怪之：奇怪（没见过这个人）。

㉜ 乃：就是。歌：唱。

㉝ 吾负之：我对不起他。负，辜负，对不起。之，指冯谖。

㉞ 谢：道歉。

㉟ 倦于事：整天忙于事务，很疲劳。倦，劳累。

㊱ 愦于忧：被各种麻烦事弄得晕头转向。愦(kuì)，糊涂。忧，忧虑。

㊲ 性忄愚：性格懦弱愚笨。忄(nuò)，同"懦"，懦弱。愚，愚笨。

㊳ 沉：陷于。

㊴ 开罪：得罪。

㊵ 不羞：不以此为羞辱。

㊶ 约车治装：准备车马，整理行装。约，捆缚，套。治，整理。

㊷ 载券契：载，用车拉着。券契，债务的契约。古代契约用竹片或木板制成，数量大，需用车载。

㊸ 责毕收：债全收完了。以何市而反：买些什么东西带回来呢？市，买。反，同"返"。

㊹ 寡有者：缺少的东西。

㊺ 驱而之薛：赶着车子到达薛地。之，到，往。

㊻ 使吏召诸民当偿者：吏，下属的小官。召，召集，叫来。当偿者，应该还债的人。这句说，让下属的小官吏把应该还债的人都召集起来。

㊼ 悉来合券：悉，全部。合券，核对债券。

㊽ 徧合：徧，同"遍"，普遍。合，符合。遍合，全部符合。

㊾ 起：站起来。

㊿ 矫命以责赐诸民：矫命，假传命令。这句是说，假托孟尝君的命令把债款都送给大家，不用偿还了。

51 因烧其券：于是把他们的债券烧掉。

52 民称万岁：百姓们高兴得欢呼"万岁"。

53 长驱到齐：不停顿地赶着车回到了齐国。

(54) 怪其疾：奇怪他这么快就回来了。疾：快。

(55) 衣冠：穿好衣服，戴好帽子。表示以礼相待。

(56) 责毕收乎，来何疾也：债都收齐了吗？为什么回来得这么快呀？

(57) 臣窃计：我私下合计。臣：冯谖自称。窃，私下，自谦辞。计，思考，合计。

(58) 实外厩（jiù）：实，充满。外厩，关养牲畜的房子。

(59) 充下陈：充，充满。下陈，古代统治者宾主相见，在堂下陈放礼品、站立傧从的地方。

(60) “君家”三句：您家里所缺少的只是“义”呀，我就私下作主为您买到了“义”。

(61) 奈何：怎么样啊？

(62) 区区：形容小小的。

(63) 不拊（fǔ）爱子其民：拊，同“抚”。这句是说，不能把人民当做自己的儿女那样爱抚。

(64) 贾利之：贾（gǔ），买，商人。这句是说，像商人那样盘剥人民而获取利益。

(65) 说（yuè）：同“悦”，喜欢，高兴。

(66) 休矣：算了吧。

后期年[1]，齐王谓孟尝君曰：“寡人不敢以先王之臣为臣[2]。”孟尝君就国于薛[3]，未至百里[4]，民扶老携幼，迎君道中[5]。孟尝君顾谓[6]冯谖曰：“先生所为文市义者，乃今见之[7]。”冯援曰：“狡兔有三窟[8]，仅得免其死耳[9]。今君有一窟，未得高枕而卧也[10]。请为君复凿二窟。”孟尝君予车五十乘[11]，金五百斤，西游于梁[12]，谓惠王⑬曰："齐放⑭其大臣孟尝君于诸侯,诸侯先迎之者,富而兵强⑮。"于是,梁王虚上位⑯,以故相⑰为上将军,遣使者,黄金千斤,车百乘,往聘⑱孟尝君。冯谖先驱⑲,诫⑳孟尝君曰："千金,重币㉑也;百乘,显使也㉒。齐其闻之矣。"梁使三反㉓,孟尝君固辞不往也㉔。

齐王闻之,君臣恐惧,遗太傅赍㉕黄金千斤,文车二驷㉖,服剑一㉗,封书㉘谢孟尝君曰："寡人不祥,被于宗庙之祟㉙,沉于陷谀之臣㉚,开罪于君。寡人不足为也㉛,愿君顾先王之宗庙,姑反国统万人㉜乎!"冯谖诫孟尝君曰："愿请先王之祭器㉝,立宗庙于薛㉞。"庙成,还报孟尝君曰："三窟已就,君姑高枕为乐㉟矣!"

孟尝君为相数十年,无纤介之祸者㊱,冯谖之计也㊲。

 讲一讲

① 期年:一整年。

② 以先王之臣为臣:孟尝君广收门客,势力越来越大,名声越来越高,齐闵王怕孟尝君会威胁他的统治地位,就借口不能让先王之臣为臣,把孟尝君宰相的职务给免了。

③ 就国于薛:就,归,回到。国,指封地。这句是说,回到封地薛这个地方去。

④ 未至百里:还差一百里未到薛地。

⑤ 迎君道中:在道路两旁迎接孟尝君。

⑥ 顾谓:回过头来看看说。

⑦ "先生"二句:先生替我买义的道理,今天才见到。

⑧ 狡兔有三窟:狡猾的兔子要有三个窝。

⑨ 仅得免其死耳：只不过是免除一死罢了。耳，语气词，意思是"罢了"。

⑩ 高枕而卧：比喻没有可担心的事情，可以安心睡大觉了。

⑪ 予车五十乘：予，给予。乘，古代车辆的单位，即一套四匹马拉的车。

⑫ 西游于梁：向西到魏国去游说。魏国的都城在大梁（今天河南开封），所以又称魏国为梁。

⑬ 惠王：指魏惠王。

⑭ 放：放逐，流放。齐闵王不让孟尝君当宰相，孟尝君回到薛地，等于流放。

⑮ 先迎之者，富而兵强：谁能抢先把孟尝君迎来重用，就能富国强兵。

⑯ 虚上位：把最高的职位空出来，指让孟尝君去当宰相。

⑰ 故相：原来的宰相。上将军：仅次于宰相的官职。

⑱ 往：前去。聘：聘请。

⑲ 先驱：赶着车先回去。

⑳ 诫：告诫，劝告。

㉑ 重币：厚礼，等于说重金聘请。

㉒ 显使：显贵的使臣。

㉓ 三反：往返三次去请孟尝君。

㉔ 固辞不往：坚决拒绝不去上任。固：坚决。

㉕ 太傅：古代官名。赍（jī）：送礼物给人。

㉖ 文车二驷（sì）：文，文饰。驷，四匹马拉的车，这句是说，两驾由四匹马拉的绘着美丽花纹的车，形容车的华贵。

㉗ 服剑一：佩戴一把剑。表示信任。

㉘ 封书：封好的书信。

㉙ 寡人不祥：寡人，齐闵王自称。不祥，不好，这里指不明事理。被于宗庙之祟：被，遭受。宗庙，供奉祖宗的祠庙，这里指神灵。祟（suì），是迷信人讲的鬼神作怪。这句是齐闵王责怪自己鬼迷心窍。

㉚ 沉于谄谀之臣：沉，陷于，被人蒙蔽。谄（chǎn）谀（yú），用语言奉承，讨好。这句是齐闵王责怪自己听信谗言。

㉛ 不足为也：为，辅佐，帮助。这句是说，不值得你来辅佐。这也是齐闵王自责的话。

㉜ 姑反国统万人：姑：暂且。反国，返回齐国朝廷。统，管理。万人，指全国百姓。

㉝ 愿请先王之祭器：请，恭敬地拿来。先王，指已经死去的上辈或长辈。祭器，古代祭祀用的器物。这句是说，希望您请求要来一些先王的祭器。

㉞ 立宗庙于薛：在孟尝君的封地薛建立宗庙。古代人很重视宗庙的建立，孟尝君如果在薛地建立了宗庙，再用上先王的祭器，就能巩固他的统治地位，连齐王也会加以保护。

㉟ 高枕为乐：没有什么可以担忧的事了。

㊱ 无纤介之祸：纤介，丝毫。介，同"芥"，小草。没有遇到过一点灾祸。

㊲ 冯谖之计也：都是冯谖给出的计策、主意。

齐国有个叫冯谖的人，家里穷得无法生活下去了，就请人转

告孟尝君，愿意到他的门下当个食客。孟尝君问："他有什么爱好？"回答说："他没什么爱好。"孟尝君又问："那么他有什么特长呢？"回答说："他也没有什么特长。"孟尝君笑了笑说："好吧！"就收下冯谖做了门客。孟尝君手下的人认为孟尝君看不起冯谖，就给他一般的粗饭菜吃。

过了没多久，冯谖靠着柱子，弹着宝剑就唱起来："长剑啊，咱们回去吧，这里吃饭连鱼都没有！"左右的人把这事告诉了孟尝君。孟尝君说："给他鱼吃，对他跟吃鱼肉的门客一样待遇。"过了没多久，冯谖又一次弹他的宝剑，唱道："长剑啊，咱们还是回去吧，出门都没有车坐。"左右的人都笑话他，又把这事告诉了孟尝君。孟尝君说："给他准备马车，让他跟坐车的门客一样。"于是冯谖坐着车，举着剑去拜访他的朋友，对朋友说："孟尝君把我当上等门客对待了！"后来又过了一段时间，冯谖又弹着他的宝剑唱起来："长剑啊，咱们还是回去吧，在这里没办法养活家里人哪！"大家都讨厌他，认为他太贪得无厌了。孟尝君问旁边的人："冯谖家里还有亲人吗？"有人回答说："有个老母亲。"孟尝君就派人供给冯谖的母亲吃的和用的，不让她缺少什么。从那以后，冯谖再也不弹剑唱歌了。

后来有一天，孟尝君拿出记事的账簿，问他的门客："谁熟悉会计这个业务，能帮助我到我的封地薛去收取债务呢？"冯谖签上自己的名字说："我能。"孟尝君挺奇怪，就问："这个人是谁呀？"别人告诉他说："这就是唱'长剑啊，咱们回去吧'的那个人。"孟尝君笑了笑说："原来这个人还真有才能。我对不起他，还没曾见过他呢！"孟尝君把冯谖请来，一见面就道歉说："我整天忙于事务，许多麻烦的事情把我弄得晕头转向，我的性格又很懦弱愚笨，陷在国家的事务中不能脱身，我得罪了先生。你不感到是羞辱，还愿意为我到薛地去收债吗？"冯谖回答说："愿意。"于是冯谖备好马车，整理行装，载着债券契约准备出发，临行的时候，冯谖问孟尝君："收完了债，我为您买些什么带回来呢？"孟尝君："你看我家里缺少什么就买什么吧！"

冯谖赶着车来到薛地，让当地小官吏把应该还债的百姓全都召集起来，对债券进行核对，全符合。他站起来，假托孟尝君的命令，把这些债都送给了百姓，并且当面把债券全部烧掉，百姓们都高兴得欢呼万岁！

冯谖赶着车不停地回到了齐国。一大早就请求见孟尝君。孟尝君挺奇怪，他怎么这么快就回来了？于是穿好衣服、戴好帽子来见冯谖，问他："债都收完了吗？怎么回来的这么快呀？"冯谖回答说："收完了。"孟尝君问："你给我买了什么带回来？"冯谖说："我走的时候您说：'看我家缺少什么'，我私下合计，您家屋里收藏了许多珍宝，厩里养满了牲畜，堂下站满了美女。您家里缺少的就是义，我就自作主张给你买了义回来。"孟尝君问："怎么买的义呢？"冯谖回答说："现在您只有小小的一块薛地，还不能像爱抚自己的子女那样爱抚那里的百姓，反而像商人牟利那样盘剥他们，那怎么行啊！所以我私下里假托您的命令，把债都送给百姓，而且把债契全烧掉了，百姓们都欢呼万岁呢！这就是我为您买的义呀！"孟尝君听了很不高兴，就说："好吧，先生，那就算了吧！"

后来过了一年，齐闵王对孟尝君说："我不敢让先王的臣子给我当大臣。"孟尝君只好回到自己的封地薛。他走到离薛城还有一百里的地方，老百姓就扶老携幼，在道路两旁欢迎他。孟尝君回过头来看看冯谖说："你给我买的义,今天我才算是看到了。"冯谖说："狡猾的兔子要有三个窝才能仅仅免除一死。现在你才只有一个窝,还不能把枕头垫得高高地睡大觉。请让我再给您准备两个窝吧!"于是孟尝君准备了五十辆车,五百斤金子,让冯谖到齐国西边的魏国去游说,冯谖对魏惠王说："齐闵王流放了他的大臣孟尝君。各诸侯国谁能把他先接来重用,谁就能国富兵强。"于是,魏惠王把宰相的位子空出来,让原来的宰相当上将军。派使者带着黄金一千斤,马车一百辆,去请孟尝君。冯谖抢先一步回去劝告孟尝君说："黄金一千斤,这是很重的聘礼;马车一百辆,这是很显贵的使节,齐闵王很快就能听到这件事的。"魏国的使臣来回请了三次,孟尝君都坚决推辞没有去上任。

齐国听说魏国请孟尝君当宰相的事以后,国君和大臣都很担心,于是齐闵王就派太傅送黄金一千斤,绘着花纹的车两辆,还有佩剑一把,并写好一封道歉的书信,送给孟尝君说："是我不好,我被鬼迷住了心窍,听信了谗言,得罪了你。我是不值得你来辅佐的。愿你看在先王宗庙的分上,暂且回到齐国管理老百姓的大事吧!"冯谖劝告孟尝君说："你先要些先王的祭器,在薛这个地方建立起自己的宗庙吧!"宗庙建成以后,冯谖回来告诉孟尝君说："三个窝已经造成了,你可以高枕无忧了。"

孟尝君在齐国当宰相几十年,没有遭受一点灾祸,这都是听了冯谖的计策啊!

帮你读

本篇写的是孟尝君的门客冯谖为孟尝君收债买义的故事。

但从一个侧面揭露了当时统治阶级内部争权夺利、世态炎凉的本质,这一点从冯谖讲的"狡兔有三窟,仅得免其死"和齐闵王看到孟尝君威望提高而借口"不敢以先王之臣为臣"把孟尝君的宰相职务免去就可以看出来。

本文对冯谖这个人物的描写非常生动,特别是通过细节来刻画人物,更有画龙点睛的独到之处。既"不好"又"无能"、"贫乏不能自存"的冯谖,被孟尝君收为门下食客,他本该安分守己,心满意足,可却三次弹剑高歌,表面看来好像贪得无厌,实际上都表现了冯谖贫寒而不失豪迈的性格。

通过冯谖为孟尝君烧券买义和复凿二窟等情节,又表现了冯谖的另一面,他确是一个深谋远虑的谋士,为孟尝君出了许多好主意,做了许多好事,以致于孟尝君为相数十年而没有遇到一点灾祸。文章的结尾用"冯谖之计也"一句话,与开头说他无好无能相对照,对比十分鲜明。作者为了突出冯谖的能干而先写他无能,让周围的人看不起他,甚至嘲笑他,而后边写的谋划又高人一筹,这种首尾对照的写作手法,使人物的形象更加突出,读起来简直像一篇小说一样。

触龙说赵太后^①

《战国策》

　　赵太后新用事^②，秦急攻之^③。赵氏求救于齐^④。齐曰："必以长安君为质^⑤，兵乃出。"太后不肯，大臣强谏^⑥。太后明谓左右^⑦："有复言^⑧令长安君为质者，老妇必唾其面^⑨。"

　　左师触龙愿见太后⑩。太后盛气而揖之⑪。入而徐趋⑫，至而自谢，曰⑬："老臣病足⑭，曾不能疾走⑮，不得见久矣⑯。窃自恕⑰，而恐太后玉体⑱之有所郄⑲也，故愿望见⑳太后。"太后曰："老妇恃辇而行㉑。"曰："日食饮得无衰乎㉒？"曰："恃鬻㉓耳。"曰："老臣今者殊不欲食㉔，乃自强步㉕，日三四里，少益嗜食㉖，和于身㉗也。"太后曰："老妇不能。"太后之色少解㉘。

　　左师公曰："老臣贱息舒祺㉔，最少，不肖㉚。而臣衰㉛，窃爱怜之㉜。愿令得补黑衣之数㉝，以卫王宫，没死以闻㉞。"太后曰："敬诺㉟。年几何矣㊱？"对曰："十五岁矣。虽少，愿及未填沟壑而托之㊲。"太后曰："丈夫㊳亦爱怜其少子乎？"对曰："甚于妇人。"太后笑曰："妇人异甚㊴。"对曰："老臣窃以为媪之爱燕后贤于长安君㊵。"曰："君过矣㊶，不若长安君之甚。"左师公曰："父母之爱子，则为之计深远㊷。媪之送燕后也，持其踵为之泣㊸，念悲其远也，亦哀之矣㊹。已行，非弗思也㊺，祭祀必祝之㊻，祝曰：'必勿使反㊼。'岂非计久长，有子孙相继为王也哉㊽？"太后曰："然㊾。"

　　左师公曰："今三世以前㊿，至于赵之为赵㈿，赵王之子孙侯者㈾，其继有在者乎㈽？"曰："无有。"曰："微独赵㈼，诸侯有在者乎？"曰："老妇不闻也㈻。""此其近者祸及身，远者及其子孙㈺。岂人主之子孙则必不善哉㈹？位尊㈸而无功，奉厚㈷而无劳，而挟重器㈶多也。今媪尊长安君之位㈵，而封之以膏腴之地㈴，多予之重器，而不及今令有功于国㈳，一旦山陵崩㈲，长安君何以自托于赵㈱？老臣以媪为长安君计短也，故以为其爱不若燕后。"太后曰："诺。恣君之所使之㈰。"于是为长安君约车百乘㊰质于齐㊱，齐兵乃出。

① 触龙说赵太后：触龙，人名，战国时赵国的大臣，官职为左师，过去误作触詟（zhé）。赵太后，赵国惠文王的妻子，惠文王死后，由他儿子孝成王继位，孝成王年纪小，由赵太后管理国家大事。本文讲的是触龙说服赵太后为了国家利益让其小儿子长安君去齐国做人质的故事。

② 新：最近，刚刚。用事：执政、治理国家。

③ 急攻之：猛烈地进攻赵国。之，指赵国。

④ 赵氏求救于齐：赵氏：指赵国。这句是说，赵国向齐国救援。

⑤ 必以长安君为质：一定要让长安君到齐国做人质。必，一定。长安君，赵太后的小儿子，封地在长安，被称为长安君。质，人质，抵押。当时各诸侯国之间结盟，常派重要人物或国君的亲人到对方做抵押的人质，用于表示信任。

⑥ 强谏：竭力劝告。

⑦ 明谓：明确地告诉。左右，指身边的大臣。

⑧ 复言：再提起。

⑨ 老妇必唾其面：老妇，赵太后自称。唾其面，吐他一脸唾沫，表示极大的污辱，是赵太后非常气愤时说的话。

⑩ 愿见太后：要求见赵太后。

⑪ 盛气而揖之：盛气，怒气。揖（yī），原为拱手礼，此处表示等着接见的意思。

⑫ 入：进去。徐：慢慢走。趋：快步行走。按当时的礼节，臣

子朝见国君应快步走,触龙因为脚有病走不快,所以说徐趋,即样子像快走,但实际上是慢走。

⑬ 至:到。谢:道歉,告罪。这句是说,触龙到赵太后跟前自己先谢罪。

⑭ 老臣病足:老臣,触龙自称。病足,脚有毛病。

⑮ 曾:竟。疾走:快跑。古代说"行"相当于现在的走,说"走"相当于现在的跑。

⑯ 不得见久矣:很久没能拜见了。

⑰ 窃自恕:窃,表示谦虚,即私下里的意思。恕,原谅,宽恕。私下里自己原谅了自己。

⑱ 玉体:即身体,贵体。对人身体的敬称。

⑲ 郄(xì):同"隙",指身体不舒服。

⑳ 望见:看望。

㉑ 恃辇而行:用坐车子代替走路,意思是身体不行了。恃(shì):依仗,凭借。辇(niǎn):用人拉的车子。

㉒ 日:每天。得无:该不会。衰:减少。这句是说,每天您吃饭饮茶该不会减少了吧?

㉓ 鬻:同"粥"。

㉔ 今者殊不欲食:这些天来很不想吃东西。今者:近来。殊:特别,很。

㉕ 强步:勉强走路。

㉖ 少益嗜食:稍微增加了一些喜欢吃的饮食。少:稍微。益:增加。嗜(shì):嗜好,喜爱。

㉗ 和于身:使身体感到舒服些。和,和谐,舒适。

㉘ 色少解:赵太后的脸色稍微有些缓和。色,指脸色,太后

原来的怒气。解：缓解，缓和。

㉙ 贱息舒祺：息，儿子，贱息是谦称，即我的儿子。舒祺，人名，触龙的儿子。

㉚ 不肖：不成材，没出息。这也是触龙谦虚的说法。儿子不像父亲，不能继承父亲的事业叫不肖。

㉛ 衰：衰老。

㉜ 爱怜：怜也是爱的意思，爱和怜并用，是为了加强感情色彩。之，指触龙的儿子舒祺。

㉝ 愿令得补黑衣之数：愿令，希望让他。黑衣，指王宫的卫士，因为当时王宫卫士穿黑衣服。这句是说，愿意让他到王宫卫队中当一名卫士。

㉞ 没死以闻：没，同"昧"，冒昧。闻，告诉的意思。这句是说，冒着死罪把这件事对你说。

㉟ 敬诺：敬，表示客气，诺，答应，同意。意思是说：好吧！

㊱ 年几何矣：多大岁数了。

㊲ 愿及未填沟壑而托之：及，趁着。填沟壑，指人死了以后，挖坑埋掉。托，托付，拜托。这句是说，希望趁着我还没死的时候，把他托付给您。

㊳ 丈夫：当时对男子的称呼，这里指触龙。

㊴ 异甚：特别厉害。

㊵ 媪之爱燕后贤于长安君：媪（ǎo），对老年妇女的尊称。燕后，赵太后的女儿，嫁到燕国为燕王的妻子，所以称燕后。贤于，胜过。

㊶ 君过矣：君，古代对人的尊称。过，过失，错误。这句是说，您错了。

㊷ 计深远：计，打算，考虑。这句是说，要做长远打算。

㊸ 持其踵为之泣：持，握着。踵（zhǒng），脚后跟。泣，不出声的哭。这句是说，握着她的脚为她哭泣。指赵太后为女儿远嫁而悲伤。

㊹ 念悲其远也，亦哀之矣：念，思念，怀念。远，指远嫁到燕国。这句是说，惦念她，为她远离而悲伤。

㊺ 已行：已经走了之后。非弗思也：不是不想念她。

㊻ 祭祀必祝之：祭祀的时候，一定为她祈祷，为她祝福。

㊼ 必勿使反：反，同“返”。一定别让她回来。古时候，诸侯的女儿嫁到别国做了王后，只有被废掉或是亡国，才能回父母所在的国家，所以赵太后虽然想念女儿，还是祈祷她不要回来。

㊽ 岂非计久长，有子孙相继为王也哉：这难道不是为燕后做长远打算，希望她有子有孙在燕国相继为王吗？

㊾ 然：是这样的。

㊿ 今三世以前：从现在往上推三代以前。父子继承一次为一世。

(51) 赵为之赵：赵氏家族建立了赵国。前一个“赵”指赵氏家族，后一个“赵”指赵国。

(52) 赵王之子孙侯者：赵王的后代被封为诸侯的。

(53) 其继有在者乎：他们的后代还有继承侯位的吗？

(54) 微独赵：不仅仅是赵国。微，非，无。独，只是，仅仅。

(55) 诸侯有在者乎：其他国家诸侯的子孙封侯的，他们的子孙还有存在的吗？这句因是接上句说的，省略了一句，照上句应为：诸侯之子孙侯者，其继有在者乎。

(56) 不闻：没有听说过。

(57)“近者”两句：近的自己本身遭殃，远一点的他们的子孙就倒霉了。

(58) 岂人主之子孙则必不善哉：这难道是因为帝王的后代就一定品德不好吗？

(59) 位尊：出身高贵。

(60) 奉厚：奉，同“俸”。优厚的俸禄。

(61) 挟重器：挟（xié），占有。重器，珍贵的宝物。这句是说，占有大量的金银财宝。

(62) 尊长安君之位：使长安君的地位很高。

(63) 膏腴：膏，肥沃。腴（yú），肥美。膏腴之地，肥美的土地。

(64) 及今：趁现在。有功于国：为国家建立功勋。

(65) 山陵崩：指太后死了以后。

(66) 自托于赵：靠什么在赵国立足呢？托：依靠。

(67) 恣君之所使之：恣（zì），任凭。使，派遣，指使。这句是说，任凭你来指使他吧。

(68) 约车百乘：约车，套好车。百乘，一百辆。这句是说，准备好了一百辆车。

(69) 质于齐：送到齐国去做人质。

译过来

赵太后刚刚掌握了治理赵国的大权，秦国就乘机向赵国发起猛烈进攻。赵太后向齐国请求出兵援救。齐国说：“一定要用她的儿子长安君作为人质，送到齐国来，才可以出兵救赵。”赵太后不肯把长安君送到齐国做人质，大臣们都竭力劝告太后要以

国家利益为重。太后生气了，明确对左右大臣说："谁再敢来劝说我让长安君去做人质，我就吐他一脸唾沫！"

这时候，左师触龙请求见太后，太后怒气冲冲地等着接见他。触龙迈着小碎步，慢腾腾地走进来，走到太后跟前抱歉地说："老臣我的脚有毛病，实在不能快走，请原谅。很长时间没有拜见您了，我常常私下宽恕自己，但我总是担心太后您的贵体是不是有什么不舒服的地方，所以很想来看望您。"太后说："我只能依靠坐车子走路了。"触龙又问："您每天的饭量有没有减少啊？"太后回答："就仗着吃点粥。"触龙不慌不忙地说："近来我也是不想吃东西，但我还是强制自己出来走走步，每天走三四里地，这样食量才稍微增加了一些，身体感觉也好多了。"太后说："这些我可做不到。"听触龙这么一说，太后的怒气也平和了些。

左师公触龙接着说："我有个儿子叫舒祺，年纪最小，没有什么出息。我年纪老了，又很疼爱这个孩子，希望能让他到王宫卫队里当个侍卫，让他来保卫王宫，您看怎么样？我是冒着死罪把这个愿望说给您听的。"太后听了说："那好吧，这个孩子多大年纪啦？"触龙回答说："十五岁了，虽然年纪还小，可我是希望在我死之前把他托付给您。"太后不解地问："怎么，你们这些男子大丈夫也疼爱自己的小儿子吗？"触龙点点头说："比你们妇人疼爱得还厉害呢！"太后听了笑了，她说："还是妇人疼爱孩子更多些。"触龙回答说："依我看，您疼爱您的女儿燕后就胜过了疼爱您的儿子长安君。"太后摇摇头说："你错了，我疼爱燕后比不上疼爱长安君。"左师公触龙说："父母疼爱子女，应该为他们做长远打算。您送女儿去燕国的时候，还摸着她的脚，为跟她离别而哭泣。您惦记着女儿，为她的远行而悲伤，因为这是很哀痛的事情。您女儿走了以后，您并不是不思念她。可您每次祭祀的时候，却为她祈祷，说什么'千万别让她回来呀！'这不是说明您希望您女儿燕后在燕国长久地住下去，让她的儿孙在燕国世代为王吗？"太后又点点头说："是这样的。"

左师公触龙紧接着又说："从现在往前推，三代以前，一直到赵氏家族建立了赵国，您看看那些被封了侯的赵家后代，还有保留爵位到今天的吗？"太后回答说："没有。"触龙接着说："不光赵国是这样，其他国家被封侯的后代，还有保留到今天的吗？"太后想了想说："我没有听说过。"触龙说："这就是说，近的他们自身遭殃，远的呢，他们的子孙后代倒霉。这难道是因为帝王的后代都是品德特别坏的人吗？不是。那是因为他们虽然出身高贵，却没有对国家做出贡献；虽然享受优厚的待遇，却没有为国家立过功劳，反而占有大量的金银财宝的缘故。如今您给长安君很高的地位，又封给他肥美的土地，还给他许多珍宝财富，现在却不让他去为国家建立功勋，一旦您百年之后，长安君靠什么在赵国站住脚呢？我认为您没有为长安君做长远打算，所以说您爱长安君不如爱燕后那么深。"太后听了说："你讲得很有道理，就照你说的办，让长安君听凭你的指派吧！"于是他们为长安君备好了一百辆车，送他到齐国去做人质。这样，齐国很快就出兵来援救赵国了。

本篇写的是触龙巧谏赵太后送长安君去齐国做人质以求救兵的故事。每个父母都爱自己的孩子，赵太后当然也不例外。

可是他爱长安君不过是凭着自己的权势，给他很高的地位，封他肥美的土地，送他贵重的宝物而已。触龙认为这是只顾眼前利益，并不是真爱孩子。如果真爱孩子就应该为他做长远考虑，让他"有功于国"。这个观点虽然作者是从统治阶级的利益出发，但从爱孩子要为他的将来考虑这一点，还是非常正确的，因此也很有现实意义。

本文篇幅不长，但情节安排得非常巧妙，很有故事性。触龙是在赵太后很生气，发誓谁再提让长安君去做人质就吐他一脸唾沫的情况下，去见赵太后的，这样，一下子就把主人公放在了矛盾的交点上。触龙巧妙地从拉家常开始，逐渐扯到关于"爱子"的议论，非常自然地引入主题，他从侧面到正面，由远到近，层层比较，步步深入地侃侃而谈，处处是为赵太后着想，让她听了入情入理，入耳入心，而实际上是时时从国家的利益出发，充分显示了触龙非凡的进谏才能和表达艺术。

在人物心理刻画上，本文也是非常突出的。如写赵太后开始"盛气而揖之"，中间"太后之色少解"，到最后高兴地让长安君"质于齐"，用词虽然不多，但赵太后的心理变化却非常细腻形象地展现在读者面前。

燕昭王复国求贤①

《战国策》

先秦历史散文

　　燕昭王收破燕后②即位③，卑身厚币，以招贤者④，欲将以报仇⑤。故往见郭隗⑥先生曰："齐因孤国之乱，而袭破燕⑦。孤极知燕小力少⑧，不足以报。然得贤士与共国⑨，以雪先王之耻⑩，孤之愿也。敢问以国报仇者奈何⑪？"郭隗先生对曰："帝者与师处，王者与友处，霸者与臣处，亡国与役处⑫。诎指而事之⑬，北面而受学⑭，则百己者至⑮；先趋而后息⑯，先问而后嘿⑰，则什己者⑱至；人趋己趋，则若己者⑲至；冯几据杖⑳，眄视指使㉑，则厮役㉒之人至；若恣睢奋击㉓，呴籍叱咄㉔，则徒隶㉕之人至矣。此古服道致士㉖之法也。王诚博选㉗国中之贤者，而朝其门下㉘，天下闻王朝其贤臣，天下之士必趋于燕矣㉙。"

　　昭王曰："寡人将谁朝而可㉚？"郭隗先生曰："臣闻古之君人㉛，有以千金求千里马者，三年不能得。涓人㉜言于君曰：'请求之㉝。'君遣之。三月得千里马，马已死，买其首五百金㉞，反以报君。君大怒曰：'所求者生马，安事死马㉟而捐㊱五百金？'涓人对曰：'死马且买之五百金，况生马乎？天下必以王能市马㊲，马今至矣。'于是不能期年㊳，千里之马至者三㊴。今王诚欲致士㊵，先从隗始㊶，隗且见事，况贤于隗者乎㊷？岂远千里哉㊸？"

于是昭王为隗筑宫而师之㊹。乐毅自魏往，邹衍自齐往，剧辛自赵往㊺，士争凑燕㊻。燕王吊死问生㊼，与百姓同其甘苦。二十八年㊽，燕国殷㊾富，士卒乐佚轻战㊿。于是遂以乐毅为上将军，与秦、楚、三晋(51)合谋以伐齐。齐兵败，闵王出走于外(52)。燕兵独追北(53)入至临淄(54)，尽取齐宝(55)，烧其宫室宗庙(56)。齐城之不下者(57)，唯独莒、即墨(58)。

讲一讲

① 燕昭王复国求贤：燕昭王，燕国国君，燕王哙（kuài）的太子，名平。复国求贤，为了恢复国家的强盛而寻找有才干的人。贤，有道德有才能的人。当时燕王哙任用子之，全国大乱，齐国乘机出兵，灭了燕国。人民拥戴公子平为王，即燕昭王。本篇讲的是昭王即位后求贤一事。

② 收破燕后：收复了破碎的燕国以后。破燕，指被齐国消灭以后的燕国。

③ 即位：继承了王位。燕昭王在公元前 311 年继位当燕王。

④ 卑身厚币以招贤者：降低自己的身份，用丰厚的钱财来招纳贤人。指燕昭王为了招募贤士而不顾及自己的身份和钱财。

⑤ 欲将以报仇：打算依靠贤士来为国家报仇。

⑥ 郭隗（wěi）：燕国人。

⑦ 齐因孤国之乱而袭破燕：齐国趁我们燕国发生内乱之机而发动侵略。孤，古代国君的自称。孤国，即燕国乱无秩序、不太平。袭，在别人无准备的情况下发动进攻。

⑧ 极知燕小力少：确实知道燕国力量弱小。极知：确实

清楚。

⑨ 与共国：和我一块治理国家。

⑩ 先王之耻：先王，指燕昭王的父亲燕王哙。耻，羞耻的事情，指燕国被齐国消灭。

⑪ 敢问以国报仇者奈何：请问怎样来为国家报仇？

⑫ "帝者"四句：为帝的人跟老师相处，为王的人跟朋友相处，为霸的人跟臣子相处，亡国的国君跟仆役相处。

⑬ 诎指而事之：放下架子侍奉他。诎（qū），弯曲，屈服。事，侍奉。

⑭ 北面而受学：面朝北向别人请教。古代受尊敬的人或长辈面南而坐，来拜见的人要面朝北，表示尊敬。

⑮ 百己者：比自己高明一百倍的人。至，来到。

⑯ 先趋而后息：比别人先走一步，而比别人后休息。趋，小步快走，这里也可以理解为劳动，干活。

⑰ 先问而后嘿：有问题要主动提问，都弄明白了以后才住口。嘿（mò），同"默"，不出声。

⑱ 什己者：比自己高明十倍的人。什，同"十"。

⑲ 若己者：跟自己差不多的人。

⑳ 冯（píng）几据杖：靠着桌子拿着手杖。几，小桌。

㉑ 眄（miàn）视指使：斜着眼看人，指挥别人干这干那。眄，斜视。

㉒ 厮役：给自己当差的仆役。

㉓ 恣睢奋击：恣（zì）睢（suī），任意胡作非为；奋击，奋力击敌。这句是说，像对待敌人那样想怎么着就怎么着。

㉔ 呴（hǒu）籍叱（chì）咄（duō）：用吼叫的方法责骂别人。

响,同"吼",大声叫嚷。

㉕ 徒隶:罪犯和奴隶。徒,囚徒,因罪而服劳役的人。隶,奴隶的一种,差役。

㉖ 服道致士:通情达理,招募人才。

㉗ 诚:果真,确实。博选:广泛选拔。

㉘ 朝其门下:亲自到家里去拜访。朝,拜访。

㉙ 必趋于燕:一定很快到燕国来。

㉚ 寡人将谁朝而可:我去拜访谁才合适呢。寡人,国君自称。可,适当。

㉛ 臣闻古之君人:我听说古代的国君。臣,郭隗自称。君人,国君。

㉜ 涓人:亲信的侍臣。

㉝ 请求之:请让我去找千里马吧。之,代词,指千里马。

㉞ 买其首五百金:花了五百两金子买了一个死马头。

㉟ 安事死马:要死马有什么用?

㊱ 捐:抛弃,浪费。

㊲ 能市马:愿意出高价买好马。市:买。

㊳ 不期年:不到一年。期(jī)年,满一年。

㊴ 千里马之至者三:三次有人送千里马来。

㊵ 诚欲致士:真的想招来贤士。

㊶ 先从隗始:首先从我郭隗开始。

㊷ "隗且见事"两句:像我郭隗这样的人还能受到重用,何况比我更贤能的人呢?

㊸ 岂远千里哉:难道他们还怕路远不来吗?

㊹ 筑宫而师之:为他修建了宫殿,拜他为老师。师,做动词,

拜为老师。之,指郭隗。

㊺“乐毅”三句:乐毅从魏国来到燕国,邹衍从齐国来到燕国,剧辛从赵国来到燕国。

㊻ 士争凑燕:有才干的人都竞相到燕国。凑,奔向。

㊼ 吊死问生:吊念死去的人,关心活着的人。

㊽ 二十八年:燕昭王二十八年,即公元前284年。

㊾ 殷:富足。

㊿ 乐佚轻战:心情愉快,生活安逸,愿意为国参加战斗。佚(yì),同“逸”,安闲。轻,轻松。

(51) 三晋:指韩、魏、赵三国。当初晋国发生内乱,国家实权由六家大夫把持,他们又为扩大自己的地盘而互相攻打,最后剩下韩、魏、赵三家,并得到周威烈王的封赐,成了三个诸侯国。

(52) 闵王出走于外:齐闵王逃到外国去了。闵王,齐国的国君,也写作齐湣王。

(53) 独追北:独自追击齐国的败兵。北,败北,指逃兵。当时燕国联合了几个国家攻打齐国,占领了几个城市以后,其他国家都不愿再打下去,只有燕国报仇心切,大将乐毅不肯罢休,还在追击退兵,所以说独追北。

(54) 入至临淄:长驱直入打到齐国的国都临淄。临淄,齐国的都城,在今山东省。

(55) 尽取齐宝:抢光了齐国的宝物。

(56) 宗庙:祖庙。

(57) 齐城之不下者:齐国没有被攻下的地方。

(58) 莒、即墨:都是齐国的地名,在今山东省。

译过来

　　燕昭王收复了破碎的燕国，继承君位以后，降低自己的身份，用丰厚的钱财来招募有才干的人，想依靠他们为燕国报仇。所以他就去见郭隗先生，说："齐国乘我们燕国发生内乱，在我们毫无准备的情况下，攻击我们，把我们燕国灭掉了。我很清楚，我们燕国现在国力弱小，还没有足够的力量报仇。然而如果得到有才干的人与我共同治理国家，以便洗清我那已经死去的父王曾经受过的耻辱，这可是我最大的愿望啊！请问，要为国家报仇，我应该怎么办呢？"郭隗先生回答说："为帝的与老师相处，为王的与朋友相处，为霸的与臣子相处，亡国的君主与仆役相处。放下架子，以尊敬的态度对待别人，并且面朝北来接受别人的教导，那么比自己高明一百倍的人就来了；比别人先走一步而又后休息，有不明白的问题先发问，明白了以后才住口，这样比自己高明十倍的人就来了；如果自己同别人一起走，那跟自己差不多的人就来了；要是靠着桌子，挥着手仗，斜着眼睛指手画脚，那么当差的人就来了；至于像对待敌人那样胡作非为，大声责骂，罪犯和差役就会来。这是自古以来通情达理、收罗人才的方法。您如果真想广泛接纳国内有才能的人，就应该去登门拜访，不要坐在家里等着。人们听说您能屈尊朝拜贤臣，那天下有志之士必定会很快来到燕国。"

　　燕昭王听了点点头，又问："我先去拜见谁才是最合适的呢？"郭隗先生说："我听说古代有个国君，拿一千两金子去寻找千里马。三年也没有得到，他的一个亲近的侍臣对国君说：'请让我去找千里马，'可是千里马已经死了。侍臣就用五百两金子买了死马的头，回来报告了国君。国君很生气，说：'我要的是活马，你买回死马干什么啊，而且白白扔掉了五百两金子？'侍臣回答说：'买一匹死马还花五百两金子呢，何况活马？天下人必定认为国君您肯花大价钱买好马，千里马很快就会来了。'于是不到一年，就三次有人送来了千里马。如果国君您真想广招有才干的能人，就先从我郭隗开始吧！像我郭隗这样的人还能得到您的敬重，何况比我更有才干的人呢？他们会不远千里来投奔您的！"

于是燕昭王为郭隗建筑了宫殿，并拜他为老师。随后，魏国的乐毅从魏国来了，齐国的邹衍从齐国来了，赵国的剧辛从赵国来了。许多有才干的人都争先来到燕国。同时燕昭王吊念死者，关心活着的人的生活，与老百姓同甘共苦。燕昭王二十八年，国家富强起来，士兵们心情愉快，生活安适，愿意为国家而作战。一切都准备好了以后，燕昭王任命乐毅为上将军，又联合秦国、楚国、韩国、赵国、魏国一起攻打齐国，齐国很快被打败，齐闵王逃亡在外。打败了齐国，其他几个国家就收兵了，只有燕国不甘心，继续追赶败退的齐兵，直打到齐国都城临淄，把齐国的财宝尽情地掠取，把齐国的宫室宗庙放火焚烧。齐国没有被攻下的只有莒、即墨这两个地方。

帮你读

燕昭王即位当国君时，燕国是个破烂不堪的烂摊子，燕昭王要领导全国人民恢复生产，富国强兵，任务是很艰巨的。本篇写的就是燕昭王为恢复燕国、报仇雪耻而招贤纳士、虚心求教的故事。在这里，作者热情歌颂了燕昭王招贤纳谏的精神。值得注意的是，作者没有忘记人民的力量，在写燕昭王广求贤士的同时，还写了他吊死问生，与百姓同甘共苦以及士兵乐佚轻战的情况，说明燕昭王能够打败齐国，是有群众基础的，是得到了人民支持的。

　　本篇在说明问题、讲明道理时，体现了《战国策》常用的办法，即不直接回答问题，而是通过讲故事等说明自己的观点。如燕昭王问郭隗拜访贤人从谁开始时，郭隗没有直接回答，而是先用一个古人买千里马的故事。这样来说理，透辟深刻，更有说服力。

鲁仲连义不帝秦①

《战国策》

秦围赵之邯郸②。魏安釐王③使将军晋鄙④救赵。畏秦⑤，止于荡阴，不进⑥。魏王使客将军辛垣衍⑦间入邯郸⑧，因⑨平原君谓赵王曰："秦所以急围赵者，前与齐闵王争强为帝⑩，已而⑪复归帝，以齐故⑫。今齐闵王已益弱⑬，方今唯秦雄天下⑭，此非必贪邯郸，其意欲求为帝⑮。赵诚发使⑯尊秦昭王为帝，秦必喜，罢兵去⑰。"平原君犹豫未有所决⑱。

此时鲁仲连适游赵⑲，会⑳秦围赵。闻魏将欲令赵尊秦为帝，乃见平原君曰："事将奈何矣㉑？"平原君曰："胜也何敢言事㉒？百万之众折于外㉓，今又内围邯郸而不去㉔。魏王使将军辛垣衍令赵帝秦，今其人在是㉕，胜也何敢言事？"鲁连曰："始吾以君为天下之贤公子也㉖，吾乃今然后知君非天下之贤公子也。梁客辛垣衍安在㉗？吾请为君责而归之㉘。"平原君曰："胜请为召而见之于先生㉙。"

平原君遂见辛垣衍曰："东国㉚有鲁连先生，其人在此，胜请为绍介㉛而见之于将军。"辛垣衍曰："吾闻鲁连先生，齐国之高士也㉜。衍㉝，人臣也，使事有职㉞。吾不愿见鲁连先生也。"平原君曰："胜已泄之㉟矣。"辛垣衍许诺㊱。

　　鲁连见辛垣衍而无言。辛垣衍曰：“吾视居此围城之中者，皆有求于平原君者也。今吾视先生之玉貌^㊲，非有求于平原君者，曷^㊳为久居若^㊴围城之中而不去也？”鲁连曰：“世以鲍焦无从容而死者^㊵，皆非也^㊶。今众人不知，则为一身^㊷。彼^㊸秦者，弃礼义而上首功之国也^㊹。权使其士^㊺，虏使其民^㊻。彼则肆然^㊼而为帝，过而遂正于天下^㊽，则连有赴东海而死矣^㊾。吾不忍为之民也^㊿。所为见将军者，欲以助赵也⁵¹。”辛垣衍曰：“先生助之奈何？”鲁连曰：“吾将使梁及燕助之⁵²，齐楚则固助之⁵³矣。”辛垣衍曰："燕则吾请以从⑤矣。若乃梁,则吾乃梁人也,先生恶能使梁助之耶⑥?"鲁连曰:"梁未睹⑦秦称帝之害故也。使梁睹秦称帝之害,则必助赵矣。"辛垣衍曰:"秦称帝之害将奈何?"鲁仲连曰:"昔齐威王尝为仁义矣⑧,率天下诸侯而朝周⑨。周贫且微⑩,诸侯莫朝⑪,而齐独朝之。居岁余⑫,周烈王崩⑬,诸侯皆吊⑭,齐后往⑮。周怒,赴于齐曰⑯:'天崩地坼⑰,天子下席⑱。东藩之臣田婴齐⑲后至,则斮⑳之。'威王勃然㉑怒曰:'叱嗟㉒!而母婢也㉓!'卒㉔为天下笑。故生则朝周,死则叱之,诚不忍其求也㉕。彼天子固然,其无足怪㉖。"

辛垣衍曰:"先生独未见夫仆㉗乎? 十人而从一人者,宁力不胜㉘,智不若耶㉙? 畏之也㉚。"鲁仲连曰:"然梁之比于秦㉛若仆耶?"辛垣衍曰:"然!"鲁仲连曰:"然则吾将使秦王烹醢㉜梁王。"辛垣衍怏然㉝不悦曰:"嘻,亦太甚矣㉞,先生之言也! 先生又恶能使秦王烹醢梁王?"鲁仲连曰:"固也㉟,待吾言之。昔者,鬼侯、鄂侯、文王,纣之三公也㊱。鬼侯有子而好㊲,故入之于纣㊳,纣以为恶㊴,醢鬼侯。鄂侯争之急,辨之疾㊵,故脯㊶鄂侯。文王闻之,喟然㊷而叹,故拘之于牖里之库百日㊸,而欲舍之死㊹。曷为与人俱称帝王,卒就脯醢之地也㊺?

 讲一讲

① 鲁仲连义不帝秦:鲁仲连,也叫鲁连,齐国人,他不愿做官而喜欢周游各国,为别人排忧解难。战国后期秦国日益强盛,想以武力统治天下,一些人害怕秦国的势力,主张尊秦为帝。本篇讲的是鲁仲连坚持正义,反对投降,说服辛垣衍等不尊秦为帝的

事。义不帝秦:坚持正义,不尊秦昭王为帝。

② 邯郸:地名,当时是赵国的国都。

③ 魏安釐(xī)王:魏国的国君,名圉(yǔ)。

④ 晋鄙:人名,魏国的大将。

⑤ 畏秦:惧怕秦国的威力。

⑥ 止于荡阴,不进:在荡阴这个地方停止前进,驻扎下来。荡阴,地名,在今河南省汤阴县,当时是赵、魏两国交界的地方。

⑦ 客将军辛垣衍:因辛垣衍不是魏国人而在魏国当将军,所以称他为客将军。

⑧ 间入邯郸:从小道潜入邯郸。间,乘机。间入,偷偷地进入。

⑨ 因:通过,借助的意思。平原君,赵武灵王的儿子,名胜。赵王,赵国国君赵孝成王,名丹。

⑩ 前与齐闵王争强为帝:前,从前,指公元前288年,当时秦昭王跟齐闵王相约同时称帝,闵王为东帝,昭王为西帝。后来闵王接受人的劝告废去帝号,秦昭王亦因此取消了帝号,即下文所说的"复归帝"。齐闵王也写作齐湣王。

⑪ 已而:过了不久。

⑫ 以齐故:因为齐国的缘故。秦昭王取消帝号是因为齐闵王先取消了帝号。

⑬ 今齐闵王已益弱:秦国围攻邯郸时齐闵王已死。这句应理解为现在齐国已经日益衰弱。

⑭ 方今:现在,如今。唯:只有。雄天下:天下称雄。

⑮ 其意欲求为帝:意谓秦国围攻赵国的目的在于称帝。

⑯ 诚:真的,这里含有假设的意思。发使:派使者。

⑰ 罢兵去：罢，停止。这句是说停止围攻，撤兵离去。

⑱ 犹豫未有所决：犹豫，拿不定主意，迟疑不决的样子。这句是说，平原君拿不定主意，还没做出决定。

⑲ 适游赵：正好周游到赵国。适，恰好。

⑳ 会：正赶上。

㉑ 事将奈何矣：这事将怎么办呢？意思是这样下去将会有什么结果呢？事，指秦围邯郸，魏国让赵国尊秦为帝的事。

㉒ 胜也何敢言事：胜，平原君名胜，这是他的自称。我怎么敢谈论这件事呢。因为平原君还没拿定主意，所以不好发表意见。

㉓ 百万之众折于外：折，挫败，损伤。指秦国与赵国在长平打仗，赵国士兵死伤很多一事。

㉔ 内围邯郸而不去：内，指秦兵又深入到赵国内部来围攻邯郸。不去，不撤兵。

㉕ 今其人在是：其人，指客将军辛垣衍。在是，在这里。

㉖ 始：当初。贤公子：有才能、有道德的公子。

㉗ 安在：在哪里。

㉘ 责而归之：斥责他让他回去。责，责备，斥责。

㉙ 召：召唤，叫来。见之于先生：让他在先生面前出现。见，同"现"。

㉚ 东国：鲁仲连是齐国人，齐国在赵国的东边，所以称齐国为东国。

㉛ 绍介：即介绍。

㉜ 高士：士，一般指知识分子。高士，指道德高尚的人。

㉝ 衍：辛垣衍自称。

先秦历史散文

㉞ 使事有职：出使办事有自己的职责。指辛垣衍的任务是说服赵国尊秦为帝。

㉟ 泄之：泄，泄漏。之，代词，指辛垣衍来赵国说服赵国尊秦为帝的事。

㊱ 许诺：答应。

㊲ 玉貌：对别人的容貌、相貌的敬称。

㊳ 曷（hé）：疑问代词，同"何"。

㊴ 若：指示代词，此，这个。

㊵ 鲍焦无从容而死：鲍焦是春秋时期的隐士，相传因为不满当时的政治而抱树饿死。别人认为他心地狭窄，这是因为不了解他。鲁仲连举这个例子是说明自己没有个人打算。无从容：没有气量，心地狭小。

㊶ 皆非也：都是错误的。

㊷ 今众人不知，则为一身：现在大家都不了解他（指鲍焦），认为他只为个人打算。

㊸ 彼：那个。

㊹ 弃礼义而上首功之国：上首功，指以在战争中杀了多少人头来评定人的功劳大小。这句是说，秦国是个不要礼义而崇尚战争的国家。

㊺ 权使其士：用权诈之术来使用他的士。

㊻ 虏使其民：用对待俘虏的方法来奴役人民。

㊼ 肆（sì）然：放肆，毫无顾忌。

㊽ 过而遂正于天下：正，同"政"。这句话意思是以过恶而为政。

㊾ 则连有赴东海而死矣：连，鲁仲连自称。这句是说，那么

我就要跳到东海里去死了。

(50) 吾不忍为之民:我不甘心给秦国当老百姓。

(51) 所为见将军者,欲以助赵也:将军,指辛垣衍。这句是说,我这次之所以要见将军,是想帮助赵国啊!

(52) 吾将使梁及燕助之:我会让魏国和燕国都帮助赵国。梁,指魏国,因魏迁都于大梁(今河南开封)故称梁,下文的梁指此。之,指赵国。

(53) 固助之:本来就支持赵国。固,本来。

(54) 燕则吾请以从:燕国嘛,我相信它会听从你的。从,听从。

(55)"若乃梁"三句:至于魏国嘛,我就是魏国的将军,您怎么能叫魏国帮助赵国呢? 恶(wū):疑问代词,怎么。

(56) 睹:看见。

(57) 尝:曾经。为仁义:行仁义。

(58) 朝周:朝拜周天子。

(59) 周贫且微:周朝已经贫穷而且衰弱了。

(60) 莫:没有谁。

(61) 居岁余:过了一年多的时间。

(62) 崩:古代帝王或王后死叫崩。

(63) 吊:吊唁。

(64) 后往:后去。

(65) 赴:同"讣",讣告,报丧,把死人的消息告诉别人(主要指亲友)。

(66) 坼(chè):裂。天崩地坼,指周烈王的死。

(67) 天子下席:天子,指周烈王的继承人周显王。下席,走下坐席,表示哀悼。

⑱ 东藩之臣田婴齐：藩，指周朝的属国。齐国在周的东边，所以称东藩。田婴齐，就是齐威王，名字叫田婴齐。他虽然是王，对周天子他仍要称臣。

⑲ 斮（zhuó）：砍杀。

⑳ 勃然：生气时脸色变了的样子。

㉑ 叱（chì）嗟（jiē）：生气时斥骂的声音。

㉒ 而母婢也：你的母亲是个婢女。

㉓ 卒：终于，结果。

㉔ 诚不忍其求：实在是因为忍受不了他的苛求。

㉕ "彼天子"二句：他的名义是天子，本来就是这样，也没有什么值得大惊小怪的。

㉖ 夫仆：那些仆役。夫，用在句子开头，无意义，虚词。

㉗ 宁力不胜：难道是力量抵不过他吗？宁，岂，难道。

㉘ 智不若耶：是智慧不如他吗？耶，语气词。

㉙ 畏之也：是害怕他呀。

㉚ 比于秦：跟秦国相比。若：像。

㉛ 烹醢（hǎi）：古代残酷的刑罚。煮死或剁成肉酱。

㉜ 怏（yàng）然：不满意、不服气的样子。

㉝ 亦太甚矣：这也太过分了。

㉞ 固也：当然可以。

㉟ "昔者"二句：鬼侯、鄂侯、文王是商纣王时的三个诸侯，他们都有封地。

㊱ 子：女儿。好：美貌。

㊲ 入之于纣：进献给纣王。

㊳ 恶：丑。

⑧⑨ 辨之疾：争辩得很厉害。辨，同“辩”。

⑨⓪ 脯(fǔ)：肉干。古代的一种刑罚。把人杀死后做成肉干。

⑨① 喟(kuì)然：叹息的样子。

⑨② 拘：拘留，关起来。牖(yǒu)里：地名，在今河南省汤阴县北。库，监狱。这句是说，因此把文王关在牖里的监狱里一百天。

⑨③ 欲舍之死：要把他置于死地。舍，放置。之，指文王。

⑨④ “曷为”二句：为什么一个人跟别人一样都称王，可终于走向被脯被醢的地步呢。这是说魏国和秦国都是平等的国家，为什么要自居卑下，受秦国的宰割呢？

齐闵王将之鲁①，夷维子执策而从②，谓鲁人曰：‘子将何以待吾君③？’鲁人曰：‘吾将以十太牢④待子之君。’夷维子曰：‘子安取礼而来待吾君⑤？彼吾君者，天子也⑥。天子巡狩⑦，诸侯辟舍⑧，纳于筦键⑨，摄衽抱几⑩，视膳⑪于堂下，天子已食⑫，退⑬而听朝也⑭。’鲁人投其钥⑮，不果纳⑯。不得入于鲁，将之薛，假涂于邹⑰。当是时，邹君死，闵王欲入吊。夷维子谓邹之孤⑱曰：‘天子吊，主人必将倍殡柩⑲，设北面于南方⑳，然后天子南面吊也。’邹之群臣曰：‘必若此，吾将伏剑而死㉑。’故不敢入于邹。邹、鲁之臣，生则不得事养㉒，死则不得饭含㉓。然且欲行天子之礼于邹、鲁之臣，不果纳。今秦万乘之国㉔，梁亦万乘之国，俱据㉕万乘之国，交㉖有称王之名。睹其一战而胜，欲从而帝之，是使三晋㉗之大臣不如邹鲁之仆妾㉘也。且秦无已而帝㉙，则且变易诸侯之大臣㉚。彼将夺其所谓不肖㉛，而予其所谓贤；夺其所憎，而予其所爱。彼又将使其子女谗妾㉜为诸侯妃姬㉝，处梁之宫㉞，梁王安得晏然而已乎㉟？而将军又何以得故宠乎㊱？"

于是，辛垣衍起，再拜谢曰："始以先生为庸人㊲，吾乃今而知先生为天下之士也。吾请去㊳，不敢复言帝秦。"秦将闻之，为却军五十里㊴。

适会魏公子无忌夺晋鄙军以救赵击秦㊵，秦军引而去。于是平原君欲封㊶鲁仲连。鲁仲连辞让者三㊷，终不肯受㊸。平原君乃置酒㊹，酒酣㊺，起㊻，前，以千金为鲁连寿㊼。鲁连笑曰："所贵于天下之士者㊽，为人排患、释难、解纷乱而无所取也㊾。即有所取者，是商贾之人也㊿，仲连不忍为也。"遂辞平原君而去，终身不复见[51]。

① 将之鲁：准备到鲁国去。燕昭王任用大将乐毅打败齐国，齐闵王逃出来，到鲁国、邹国，都没有接纳他，因为他还以天子自居。

② 夷维子：人名，齐国人。执策：拿着马鞭子。策：马鞭。

③ 子将何以待君：你们将用什么礼节来接待我们的国君呢？

④ 太牢：古代帝王、诸侯祭祀时，牛羊猪全备齐为太牢。十太牢就是牛羊猪各十只。

⑤ 安取礼：安，问话，哪里。这句是说，你们从哪里取这种礼节来接待我们的国君呢？

⑥ 天子也：齐闵王与秦昭王同时称帝，所以他的臣子称他为天子。

⑦ 巡狩：天子到各地去视察。

⑧ 辟舍:空出自己原来住的房子。

⑨ 筦键:筦,同"管"。筦键即钥匙和锁。

⑩ 摄衽抱几:卷起衣襟,捧着小桌。摄,提起。衽(rèn),衣服的下襟。几,小炕桌。

⑪ 视膳:侍候天子吃饭。

⑫ 已食:吃完了饭。

⑬ 退:指回到自己的朝廷上。

⑭ 听朝:处理朝政事务。

⑮ 投其钥:把钥匙拿下来。意思是锁上门,表示不接待,不欢迎。

⑯ 不果纳:没让齐闵王进城。纳:进入。

⑰ 假涂:涂,道路,假涂就是借道。

⑱ 邹之孤:指邹国的新国君。因为他父亲死了,所以称孤。

⑲ 倍:同"背",掉转方向。

⑳ 设北面于南方:古代以坐北朝南为正位。国君死了,灵柩放在北面,人们来吊丧时面向北方。如果天子来吊丧,就要把灵柩改为坐南朝北,天子要面向南吊丧。

㉑ "必若此"二句:如果一定要这样做,我们就用剑自杀而死。意思是坚决不能这样做。

㉒ 事养:侍奉供养。

㉓ 饭含:古代殡葬的礼节。把粟米和珠玉放在死者的嘴里。

㉔ 万乘之国:有一万辆车的国家,形容势力大。

㉕ 俱:都。据:依仗。

㉖ 交:都、皆。

㉗ 三晋:指韩、魏、赵三国。因为他们是春秋时的晋国分裂

而成的三国,所以被称做三晋。

㉘ 仆妾:臣子,指邹鲁的大臣。

㉙ 无已:没有满足。

㉚ 变易:更换。指如果秦称帝,连各诸侯国的大臣他也会更换。

㉛ 不肖:原指儿子不像父亲,这里指不贤明的人。

㉜ 谗妾:用谗言取得宠信的女人。

㉝ 妃姬:君王的嫔妃姬妾。

㉞ 处梁之宫:住到魏国的宫里。处,住在。

㉟ 晏然:安定,平静。这句是说,魏王哪能平安地了事呢?

㊱ 何以得故宠乎:怎么能保持原来的尊荣地位呢?

㊲ 庸人:平常人,不高明的人。

㊳ 吾请去:我请求离开这里。

㊴ 却军五十里:却,退却。军队撤退了五十里。

㊵ 魏公子无忌夺晋鄙军以救赵击秦:魏公子无忌就是信陵君。为了援救赵国,信陵君偷了魏王发兵用的虎符,夺取了晋鄙的兵权,率军打败了秦国的军队,救了赵国。

㊶ 封:帝王赐给臣子、亲族以土地或封号。在古代这是一种荣誉。

㊷ 辞让者三:推辞了多次。三,非实数,泛指多次。

㊸ 受:接受封赏。

㊹ 置酒:摆下酒宴。

㊺ 酒酣(hān):酒喝得最高兴的时候。

㊻ 起,前:起,省略主语"平原君",即"平原君站起身"。前指走到鲁仲连面前。

㊼ 寿：这里是祝福的意思。

㊽ 所贵于天下之士者：天下的士人最可贵的品行。

㊾ 排患：排除忧患。释难：解决难题。解纷乱：理清头绪。无所取：不从中得到什么好处。

㊿ 商贾：商人。古代称"坐贾行商"，有店铺囤积货物营利的叫贾，无固定地点运货贩卖的叫商，后来通称商人。

51 终身不复见：再也没有来见平原君。

 译过来

　　秦国出兵围攻赵国的国都邯郸，魏国的国君安釐王派将军晋鄙去援救赵国。但是由于惧怕秦国的威力，晋鄙带兵走到魏国和赵国交界的汤阴，就不再前进了。魏王又派客将军辛垣衍从小路潜入邯郸，通过赵国的公子平原君转告赵国的国君赵孝成王说："秦国所以急急忙忙地来围攻赵国，那是因为，从前秦昭王与齐闵王争强称帝，后来齐闵王先取消了称帝，秦昭王也不得不跟着取消了帝号。现在齐国已经日益衰弱，只有秦国势力日渐强大，可以称雄天下。他的目的并不是要夺取邯郸，而是想重新称帝，以统治天下。赵国如果派使者表示愿意尊秦为帝的话，秦国一定很高兴，自然就会撤兵回去的！"平原君听了拿不定主意，不知怎么办才好。

　　这时候，鲁仲连周游列国来到赵国，正赶上秦国围攻邯郸。他听说魏国想让赵国尊秦为帝，就去见平原君。他问平原君："这事你打算怎么办呢？"平原君回答说："我怎么敢随便谈论这件事呢？想当初，赵国曾经在长平与秦国交战，损失很惨重，现

先秦历史散文

在秦兵又打到国内来围攻邯郸不肯撤兵。魏王已经派客将军辛垣衍来让我们赵国尊秦为帝了，辛垣衍这个人还在这里呢，我怎么敢来谈论这件事呢？"鲁仲连说："原先我还以为你是一位有才干有道德的公子呢！通过今天的事我才知道你并不是这样。那个魏国的客将军辛垣衍在什么地方？让我替你斥责他一顿把他赶回去！"平原君听了说："好吧，我把他找来见见你！"

平原君于是去见辛垣衍说："齐国的鲁仲连先生在这里，我已把你介绍给他，请你们见见面吧！"辛垣衍说："我听说过鲁仲连这个人，他是齐国的高士；而我是国君的臣子，被派到这里来，有自己的职责在身，我不愿意见这位鲁仲连先生。"平原君叹口气说："可是我已经把你到这里来的目的说出去了！"辛垣衍只好同意去见鲁仲连。

鲁仲连见到辛垣衍不说话，辛垣衍却忍不住说："我看住在这座被围困的城里的人，都是有求于平原君的，可看你的样子并非有求于平原君，你为什么还住在这里不走呢？"鲁仲连说："世上的人都认为当初鲍焦是因为心地狭窄而死的，其实并不是那么回事。现在人们不了解内情，都认为他只是为了个人的私利，那是不对的。秦国，是个不讲礼义而只崇尚武力的国家，它利用权诈之术来使用国内的有志之士，像对待俘虏那样来奴役国内的人民，现在又要肆无忌惮地称帝，甚至要统治天下所有的人，这样的话，我宁愿跳海去死，也不愿意当他的臣民。我这次非要见你不可，实在是想帮助赵国啊！"辛垣衍不明白，就问："先生你打算怎么帮助赵国呢？"鲁仲连回答说："我能让魏国和燕国都帮助赵国，齐国和楚国本来就是帮助赵国的，这样赵国的力量不就大了吗？"辛垣衍听了，不以为然地说："您说能让燕国帮助赵国，就算是吧！要说魏国，那我就是魏国的将军，心里很清楚，请问先生您怎么能让魏国帮助赵国呢？"鲁仲连说："魏国还没有看到秦国称帝的害处，如果让魏国看到秦国称帝的危害，那它就一定会帮助赵国的。"辛垣衍接着又问："那么秦国称帝的危害到底是什么呢？"鲁仲连不紧不慢地说："从前，齐国的齐威王曾经是最讲仁义的，也常带领着各国诸侯，去朝拜周天子。那时候，周王朝已经贫穷而且衰弱了，诸侯都不去朝拜，只有齐国自己去朝拜。过了一年多，周烈王死了，各诸侯都积极去吊丧，而齐国最后才去。周王很生气，向齐国报丧说：'周天子死了，就像天崩地裂一样，连我这新继位的天子都不能过正常的生活，而要睡在草垫上枕着土块，来表示哀悼。你一个东藩的臣子田婴齐摆什么架子，最后才来吊丧，真该砍掉你的脑袋！'齐威王听了，勃然大怒，骂道：'呸，你的母亲不过是个婢女，你算什么东西！'结果天下人都耻笑他前后做法不一致。天子活着的时候就去朝拜他，死了就骂他，实是因为忍受不住他的苛求。他是天子，本来就是这样，也没有什么奇怪的。"

辛垣衍说："先生您难道没见过那些仆役吗？十个奴仆要听从一个主人的指使，难道是那些奴仆的力量和智力不如主人吗？不，是因为它们害怕主人。"鲁仲连问："难道魏国跟秦国比，就像奴仆一样吗？"辛垣衍点点头说："是的。"鲁仲连忙说："那么我能让秦王把魏王煮死或剁成肉酱！"辛垣衍听了很不高兴地说："嘿，先生说的太过分了！你怎么能让秦王把魏王煮死呢？"鲁仲连说："本来就是这样，你听我说下去：从前的商纣王有三个诸侯，他们是鬼侯、鄂侯和文王。鬼侯有个女儿长得很美，为了讨好纣王，他就把女儿送到纣王的宫里去了。可是纣王看了说这个人很丑,就把鬼侯剁成了肉酱。鄂侯极力为鬼侯辩护,结果纣王又把鄂侯杀了做成肉干。文王听说这件事,叹了口气,就被纣王关在牖里的监狱里一百天,想把他置于死地。为什么一个跟别人一样称王称帝,可到头来落得个肉干肉酱的下场呢?

　　再说齐闵王吧,他被燕国打败以后,准备逃到鲁国去,齐国一个叫夷维子的人拿着马鞭子赶着车跟在他身边。夷维子问鲁国人:'你们将拿什么来招待我们的国君呢?'鲁国人回答说:'我们准备用牛、羊、猪各十头的大礼来接待你们的国君。'夷维子又问:'你们这是从哪里取来的礼节招待我们的国君呢?我们的国君是天子,天子到各地去巡视的时候,诸侯都要把屋子让出来,交出门锁和钥匙,还要卷起衣襟,捧着桌子,在堂下侍候天子用饭。天子吃完了饭,才能退下来去处理朝政。'鲁国人听了很生气,都把房门锁上,不接待他,所以齐闵王不能进入鲁国。齐闵王又准备到薛国去,但是要经过邹国。当时正赶上邹国的国君死了,齐闵王想去吊丧。夷维子对邹国国君的遗孤说:'天子要来吊丧,你必须把灵柩掉转方向,改成坐南朝北,天子吊丧要面朝南方。'邹国的臣子听了都说:'这是对我们邹国的侮辱,假如那样,我们宁愿用剑自杀。'结果齐闵王又没有能够进入邹国。邹国和鲁国的臣子们,在国君活着的时候,没有能力供养他,国君死了,又不能按照殡葬的礼节把粟米和珠玉放进他的嘴里,但是当齐王要他们行天子之礼的时候,他们却不肯接受。现在秦国是有一万辆战车的大国,魏国也是有一万辆战车的大国,两国都是有一万辆战车的大国,都有可以称王称霸的希望。可是看见秦国一次打败取得了胜利,就想让他称帝。作为三晋这样有势力的大国之臣,还不如邹国、鲁国这些没有什么势力的小国之臣有志气。再说，秦国称帝也不会满足，一定还会更换各诸侯国的大臣，剥夺他认为是不贤能的人的权力而给他认为贤能的人，也就是说，撤换他不喜欢的人，而任用他喜欢的人，还会把他的女儿谗妇，送到各诸侯国去做嫔妃姬妾。如果这些人住到魏国的宫里，魏国的国君还能过安生日子吗？将军您还能得到原来那样的荣耀吗？"

辛垣衍听了这番话，站起来一再拜谢，道歉说："开始我还以为先生是个平常的人，现在我才知道您是天下最贤能的人。我马上就回魏国去，再也不敢说尊秦为帝的事了。"

秦国听说鲁仲连来劝说辛垣衍"不帝秦"这件事以后，赶紧把围赵的军队撤退了五十里。正好魏国的公子无忌用计策夺取了大将晋鄙的兵权，率领晋鄙的军队赶来援救赵国，攻打秦军，秦国的军队就完全撤走了。

由于鲁仲连在救赵的问题上立了功，平原君要给鲁仲连封赏，鲁仲连再三推辞，终不肯接受。于是平原君又摆上酒宴招待他。酒喝到高兴的时候，平原君站起来走到鲁仲连跟前，用一千两金子向鲁仲连表示酬谢。鲁仲连笑了笑说："人们所以尊重天下的有志之士，是因为他们能为别人排除忧患，解决困难，理清纷杂的头绪而不要任何好处，如果要了人家的报酬，那不就跟商人一样了吗？我鲁仲连绝不愿意那样做！"接着，他辞别平原君就走了，从那以后他们再也没有见过面。

　　本篇通过鲁仲连与辛垣衍等围绕"帝秦"与"不帝秦"的一场辩论,表达了作者极力主张抗秦,反对投降的思想。文中着力刻画了鲁仲连这个人物,强大的秦国围攻赵国的邯郸,赵国向魏国求援,魏王惧怕秦国的势力,而派辛垣衍去说服赵国尊秦为帝,实际上是向秦国投降。这事跟齐国人鲁仲连并没有利害关系,但他还是挺身而出,表现了他勇于坚持正义的精神。战国时期的不少策士,常常是趋炎附势,为个人捞取政治资本,而鲁仲连的"不帝秦",完全没有个人目的。秦军撤走以后,平原君欲封赏鲁仲连,而他却不肯受,这种为他人排忧释难而无所取的高尚品格,是很感人的。

　　在描写人物态度转变方面,本文写得入情入理。辛垣衍被派间入邯郸,说服赵王尊秦为帝,态度很坚决,听说鲁仲连来了都不想见他,而当鲁仲连从古到今,有理有据,说明帝秦之害,并联系到魏国和辛垣衍本人的切身利益时,说得辛垣衍来了个一百八十度的大转弯,终于"不敢复言帝秦",让人听来十分可信。

唐雎不辱使命^①

《战国策》

　　秦王使人谓安陵君曰^②："寡人欲以五百里之地易安陵^③，安陵君其许^④寡人？"安陵君曰："大王加惠^⑤，以大易小，甚善。虽然^⑥，受地于先王^⑦，愿终守之^⑧，弗敢易^⑨。"秦王不说^⑩。安陵君因使唐雎使于秦^⑪。

　　秦王谓唐雎曰："寡人以五百里之地易安陵，安陵君不听寡人，何也？且秦灭韩亡魏⑫，而君以五十里之地存者，以君为长者⑬，故不错意也⑭。今吾以十倍之地，请广于君⑮，而君逆寡人者⑯，轻寡人与⑰？"唐雎对曰："否，非若是也⑱。安陵君受地于先王而守之，虽千里不敢易也，岂直⑲五百里哉？"

　　秦王怫然怒⑳，谓唐雎曰："公亦尝闻㉑天子之怒乎？"唐雎对曰："臣未尝闻也。"秦王曰："天子之怒，伏尸百万，流血千里㉒。"唐雎曰："大王尝闻布衣㉓之怒乎？"秦王曰："布衣之怒，亦免冠徒跣㉔，以头抢地尔㉕。"唐雎曰："此庸夫㉖之怒也，非士㉗之怒也。夫专诸之刺王僚也㉘，彗星袭月㉙；聂政之刺韩傀也㉚，白虹贯日㉛；要离之刺庆忌也㉜，仓鹰击于殿上㉝。此三子者，皆布衣之士也。怀怒未发㉞，休祲降于天㉟，与臣而将四矣㊱。若士必怒，伏尸二人，流血五步㊲，天下缟素㊳，今日是也。"挺剑而起㊴。

　　秦王色挠㊵，长跪而谢之㊶曰："先生坐，何至于此㊷，寡人谕㊸矣。夫韩、魏灭亡，而安陵以五十里之地存者，徒以有先生也㊹。"

　　① 唐雎不辱使命：唐雎（jū），也写作唐且（jū），战国时魏国人。辱，辱没。唐雎没有辱没自己的使命，就是说他胜利地完成了出使的任务。

　　② 秦王：即秦始皇嬴政，秦统一中国之前他是秦王。安陵君：魏襄王的弟弟，当时封为安陵君，安陵是地名，在今河南省鄢陵县西北。这句是说，秦王派人告诉安陵君。

　　③ 寡人欲以五百里之地易安陵：寡人：国王自己的谦称。

先秦历史散文

易，交换。这句是说，我想拿五百里的一块地方换取安陵。当时秦国强大起来，已经先后灭掉了中原的韩、魏等国，安陵原是属于魏的一小块封地，只有五十里，秦王说换，实际上是要把安陵吞掉。

④ 其许：其，表示推测，估计，可译为"大概"，"可能"。

⑤ 加惠：格外给予恩惠。这是安陵君推托的话，实际上是不同意。

⑥ 虽然：转折连词，有"虽然是这样，但是……"的意思。

⑦ 受地于先王：这块地方是死去的国王封赐给我的。受，接受，指封地。先王，指魏襄王。

⑧ 愿终守之：我愿意终生守卫这块地方。终，终生。守，防守，守卫。

⑨ 弗敢易：不敢拿它来交换。

⑩ 说（yuè）：同"悦"，高兴，喜欢。

⑪ 因使唐雎使于秦：前一个"使"作动词，是派遣、命令的意思；后一个"使"是出使的意思。这句是说，因此派遣唐雎出使秦国。

⑫ 秦灭韩亡魏：这时候秦国已经灭掉了韩国和魏国。灭韩在公元前230年，灭魏在公元前225年。

⑬ 以君为长者：长者，指忠厚老实的人，也指年长、辈分高的人。这句是说，那是因为安陵君是忠厚老实的人。

⑭ 故不错意也：错，同"措"。错意，即介意，主意。这句是说，所以不打安陵君的主意（指灭掉他）。

⑮ 请广于君：广，扩大。这句是说，使安陵君扩大他的领土。表面上看是为安陵君好，实际上是要把他吞掉。

⑯ 君逆寡人者：逆，违背，拒绝。这句是说，安陵君违背秦王。

⑰ 轻寡人与：轻，轻视，看不起。与，同"欤"，表示疑问。这两句是说，你们安陵君拒绝接受我的好意，不是看不起我吗？

⑱ 非若是也：并不是这样。

⑲ 岂直：岂只，难道只是。直，同"只"。

⑳ 怫然怒：怫(fú)，脸上变色，表示发怒的样子。这句是说，秦王勃然大怒。

㉑ 尝闻：曾经听说过。尝，曾经。

㉒ 伏尸百万，流血千里：这句形容天子发怒时，可以让百姓横尸原野，流血成河。

㉓ 布衣：指平民百姓。古时候平民百姓穿麻布衣服，所以用布衣代表普通人。这里指各诸侯国的谋士，因为他们没有爵位，也称布衣。

㉔ 免冠徒跣：冠，帽子。徒跣(xiǎn)：光着脚。这句是说，摘掉帽子光着脚。

㉕ 抢(qiāng)地尔：碰地。尔，语气词，相当于"而已"。

㉖ 庸夫：平常的人，也指见识浅陋的人。

㉗ 士：指有才能有胆识的人。

㉘ 专诸之刺王僚：专诸，人名，春秋时期吴国的勇士。王僚，吴王僚。公子光为了夺取吴国王位，派专诸去刺杀吴王僚，专诸冒充厨师，把匕首藏在做熟的鱼肚子里，借着给吴王僚献食的机会把他刺死了。

㉙ 彗星袭月：彗星的尾巴扫过了月亮。指专诸的精神感动了上天。

㉚ 聂政之刺韩傀：聂政，人名，韩国的勇士。韩傀（guī），人名，战国时期韩国大臣。韩国大夫严仲子与韩傀争权结下仇怨，严仲子请聂政去刺杀韩傀，聂政刺死韩傀后自杀。

㉛ 白虹贯日：虹，光。白色的光芒直冲太阳。是指聂政的精神感动了上天。

㉜ 要离之刺庆忌：要离，人名，春秋时期吴国的勇士。庆忌，人名，吴王僚的儿子。吴王僚被杀以后，公子光夺取了王位，就是吴王阖闾，他怕庆忌为他父亲报仇，又派要离去刺杀了庆忌。

㉝ 仓鹰击于殿上：老鹰扑到宫殿上来，是指要离的精神感动了上天。仓，同"苍"。

㉞ 怀怒未发：心中的忿怒还没有发作的时候。

㉟ 休祲降于天：休，吉祥。祲（jìn）：不祥，灾祸。休祲：即吉凶的征兆。这句是说，上天会因为某种精神的感召而给以是吉是凶的预兆。这是迷信说法。

㊱ 与臣而将四矣：加上我就将有四个这样的勇士了。这是唐雎暗示他要杀秦王。

㊲ 伏尸二人，流血五步：这是唐雎针对秦王说的"伏尸百万，流血千里"而说的，意思是，尸体只有咱们两个，流血也不过五步远。

㊳ 天下缟素：缟（gǎo）素：白色的衣服，这里指丧服。意思是说他杀了秦王，天下人都要为秦王穿白戴孝。

㊴ 挺剑而起：拔出剑站了起来。

㊵ 色挠：屈服，脸变了色，是害怕的意思。

㊶ 长跪而谢：古代人席地而坐，两膝着地，臀部与脚后跟靠紧，若臀部离开脚，就是跪的姿势了。长跪，形容上身挺得很高。

谢,道歉。这句是说,挺起身子,连忙道歉。

㊷ 何至于此:何必这样呢?

㊸ 谕:同"喻",明白。

㊹ 徒以有先生:徒,只是,仅仅。以,介词,因为。这句说,只是因为有了先生您啊!

秦王派人告诉安陵君说:"我想拿五百里的地方与你的安陵交换,安陵君大概会答应我的要求吧?"安陵君回答说:"大王这样特别给我恩惠,以大块土地换取小块土地,非常好。虽然是这样,但是安陵这个地方是先王封赐给我的领地。我愿意终生守卫着它,不敢拿来交换。"秦王知道了很不高兴。安陵君因此就派唐雎出使秦国去说明原因。

秦王对唐雎说:"我用方圆五百里这么大的地方换取只有五十里的安陵,安陵君还不肯答应我,这是为什么?而且我们秦国灭了韩国,又灭了魏国,安陵君仅仅以五十里的地方能保存下来,是因为我看安陵君是个老实忠厚的长者,所以我才没有打他的主意。现在我以十倍的土地,给安陵君扩大地盘,而安陵君却拒绝我的好意,这不是看不起我吗?"唐雎回答说:"不,不是这么回事。安陵君接受了先王封赐的土地而决心守卫它,就是拿一千里的地方他也不敢换,何况只有五百里的地方呢?"

秦王听了唐雎的话勃然大怒,就对唐雎说:"先生你可曾听说过天子发怒时候的情形吗?"唐雎说:"我不曾听说过。"秦王说:"天子一发怒,就会有成千上万的人头落地,血流成河!"唐雎

先秦历史散文

反问秦王说："大王您曾经听说过平民百姓发怒时候的情形吗？"秦王说："平民百姓发怒，不过是摘掉帽子光着脚用头撞地罢了。"唐雎反驳说："这是见识浅陋的庸人的发怒，不是有见识的志士之怒。当初吴国的专诸刺杀吴王僚的时候，彗星的尾巴扫过了月亮；韩国的聂政刺杀宰相韩傀的时候，白色的光芒直冲向太阳；吴国的要离刺杀庆忌的时候，老鹰扑到了官殿上。这三位勇士都是平民百姓中的志士。他们心中的怒气还没有发作出来，老天就有了是吉是凶的预兆。现在加上我就是四个这样的勇士啦！若是一个有胆识的人发了怒，不过是两个尸首躺在地上，血也流不过五步远，可是普天下的人穿白戴孝的日子，就是今天啦！"说着，他"噌"地拔出剑站了起来。

这时候，秦王一下子变了脸色，身子挺得高高地道歉说："请先生坐下，何必这样呢！我心里明白了，韩国、魏国这样的大国都灭亡了，而安陵这个仅仅五十里的小地方还保留着，就是因为有先生您这样的人在啊！"

战国末期，秦国先后灭亡了韩国和魏国，魏国的附庸安陵，是个仅有五十里的小国，秦国不想使用武力，而用欺骗的手法吞并安陵。在这种力量对比极为悬殊的情况下，安陵君派唐雎出使秦国，与秦王谈判。本篇写的就是唐雎出使秦国的一段小故事。

唐雎心里明白，秦国统一天下的大局已定，再用一般讲利害关系的方法来说服秦王是不可能的，只有拼命。果然，秦王根本不把唐雎放在眼里,他气势汹汹地说什么"天子之怒,伏尸百万,流血千里",用这来威胁唐雎,想让安陵乖乖地归秦国所有。可是唐雎并不示弱,他大义凛然、针锋相对,一连列举了三个刺客舍生取义的故事,回答说布衣之怒"伏尸二人,流血五步",用与秦王同归于尽来威胁秦王,秦王只好改变了口气,放弃了并吞安陵的企图。这里用简练的语言、生动的情节,非常深刻地揭露了秦王外强中干的本质和唐雎机智勇敢不畏强暴的性格。

历史散文和春秋笔法

我国的先秦历史散文,特别是《左传》和《战国策》,是对后世有极大影响的历史著作和文学著作。许多学者对先秦历史散文经过悉心研究,总结出这些历史散文的独特写作方法,称之为"春秋笔法"。

《春秋》是我国古代纪事体史书的通称。因为古代朝廷在事多发生在春秋两个季节,所以记述历史的书,都用"春秋"做书名。春秋时期各国都有各国的"春秋",但是多数没有保存下来,我们现在看到的只有一部《鲁春秋》,传说是鲁国人孔子编辑整理的,简称《春秋》,后世称的"春秋笔法",主要是从这部书的选词用字上得来的。

什么是"春秋笔法"?"春秋笔法"包括哪些方面呢?古代学者认为,孔子修《春秋》,"笔则笔,削则削","以一字为褒贬",意含"微言大义"等等。用现在的话说,就是选材得当,用辞讲究,观点鲜明。后来,我们把那些文笔曲折而又意含褒贬的文字就叫"春秋笔法"。

孔子为什么要编写《春秋》呢?据说当时天下大乱,世道衰微,什么臣弑君、子杀父的事不断发生,连先人的礼义都不顾了。孔子看到这些心里很难过,他决心把这些事记下来,并且加上自己简短的评论,以劝诫后人。孔子的后学孟子说:"孔子成《春秋》而乱臣贼子惧",就表达了孔子修《春秋》的用意和效果,所以后代人把它看做是一本微言大义的思想书,看做是定名分、制法度的范本。微言大义,就成了"春秋笔法"很重要的一个方面。微言,指精微的言辞;大义,原指有关诗书礼乐等经书的要义,后来说微言大义,是指用隐微的语言,包含着深远的意义。

但是,《春秋》记事都很简略,像大事记一样,这跟当时著作的物质条件有关。但有些学者认为,当时孔子修《春秋》,用这样少的笔墨,记什么,不记什么,都是根据他的需要,认真考虑的。这就是所谓的"笔则笔,削则削"。笔,是笔记,记录的意思;削,则是指删除。这也是"春秋笔法"的一个方面。

古代学者,特别是儒家,把《春秋》作为经典。为了解释《春秋》的要义,又出现了许多为《春秋》作传的,主要有《春秋左氏传》,简称《左传》;《春秋公羊传》,简称《公羊传》;《春秋谷梁传》,简称《谷梁传》,合称"春秋三传"。从不同的角度对《春秋》作了阐述。《左传》是用叙事来解释《春秋》,而《公羊传》、《谷梁传》则是从释义和用辞上来解释的。

正因为《左传》是用叙事的方法解释《春秋》,所以它写得更具体,更形象,更生动,其文学价值和历史价值也更高。如齐鲁长勺之战,在《春秋》中只有一句话:"十年春,王正月,公败齐师于长勺。"而《左传》中的《曹刿论战》写齐鲁长勺之战详细得多,不仅写了鲁国的战前准备,战斗过程,战后的总结,而且刻画了曹刿这样一个人物形象。再如本书选的第一篇《郑伯克段于鄢》,在《春秋》中也仅仅记了这样一句话,只是在前边加了个时间"夏五月",而《左传》却描述了郑庄公打败共叔段阴谋反叛夺取君权的全过程,情节曲折,人物关系复杂,语言简练,形象鲜明。

先秦历史散文

《春秋》语句虽然简短，但儒家认为每句话每个字都隐喻着对当时历史人物和历史事件的肯定或否定、赞扬或斥责。所谓"一字为褒贬"，也是"春秋笔法"的一个方面。他们认为，《春秋》中每个字都含有深刻的道理，一字说你好，比做王公还荣耀；一字说你坏，比把你杀了还耻辱。如对于《春秋》上"郑伯克段于鄢"这六个字，《公羊传》和《谷梁传》都逐字作了分析，他们的说法虽然并不完全一样，但大体上都没有离开儒家的观点。他们认为这里用"克"，而不说"杀"，是因为段有土地和军队，俨然一个国家，克，就是战胜，就像一个国家对另一个国家。还认为用"克"字，对郑庄公是含有贬义的。因为段是庄公的同母弟，他母亲要立段为君，庄公不允，还纵容段的分裂夺权活动，最后把段作为敌对国家的国君一样，把他打败，这是背义的。至于段，本来是庄公的弟弟，是郑国的公子，这里不称弟，不称公子，而只称段，也认为有贬义，因为段在他母亲的支持下，有争夺君位的思想和行动，所以算不上弟弟，也算不上公子。还说"克段"后边加上"于鄢"两个字，也有用意。实际上段是从鄢逃跑到共去了，这里不说出奔共，而只说在鄢这个地方把他消灭了，是含有对段责难的意思。

以上是"春秋笔法"的几个主要方面。我们学习历史散文，切忌牵强附会，而忽略了历史事件本身。作者学习写作方法，在谋篇布局时，能够根据文章主题的需要而对所掌握的素材进行恰当的取舍，能够在遣词造句上把自己的意思表达得更准确，更生动，能够把复杂纷纭的事件描写得有条有理，有声有色，也就达到目的了。